GOBOOKS
& SITAK
GROUP ©

三日月書版

三日月書版

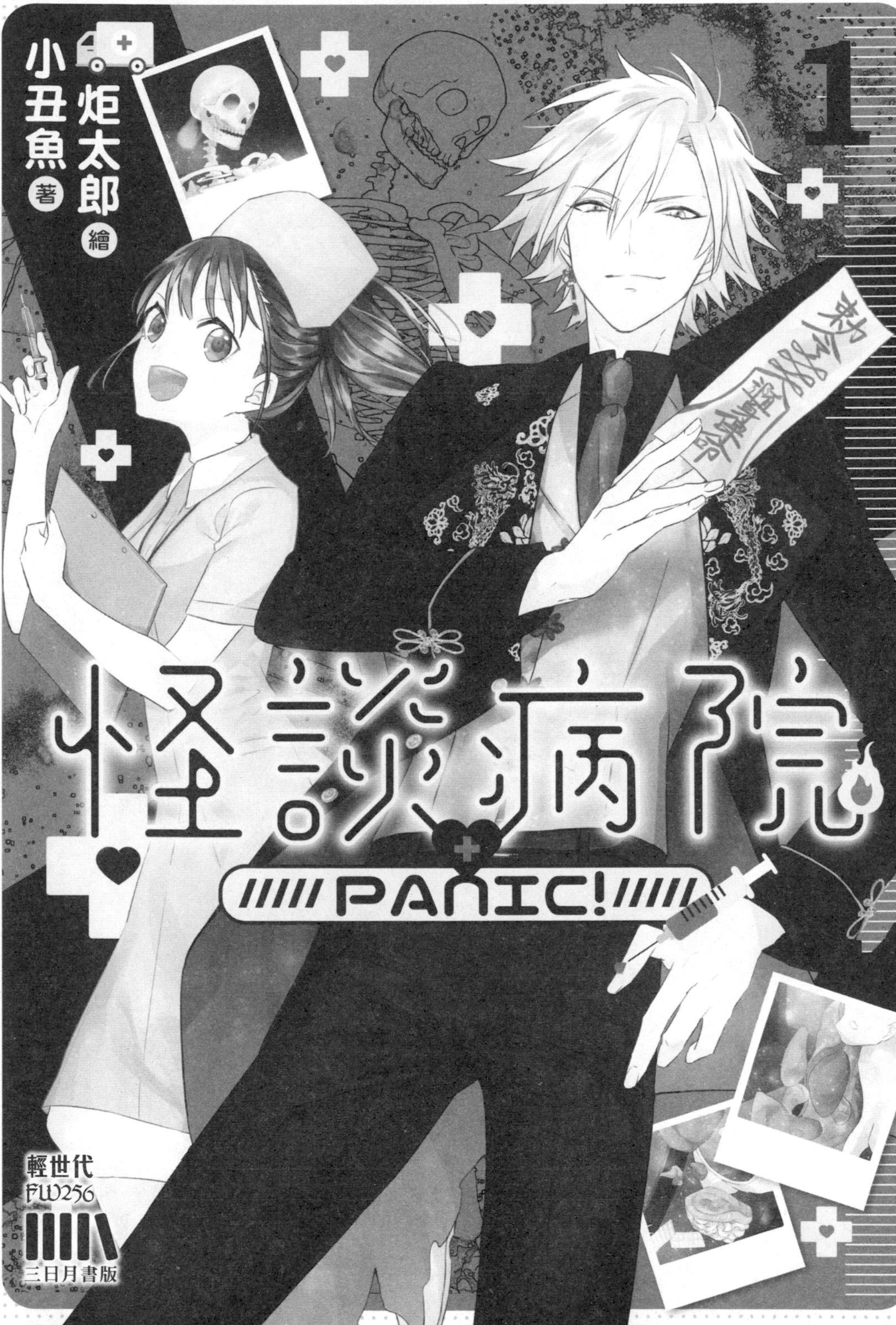
小丑魚 著
炬太郎 繪
1
怪談病院
PANIC!
輕世代
FW256
三日月書版

怪談病院 PANIC!

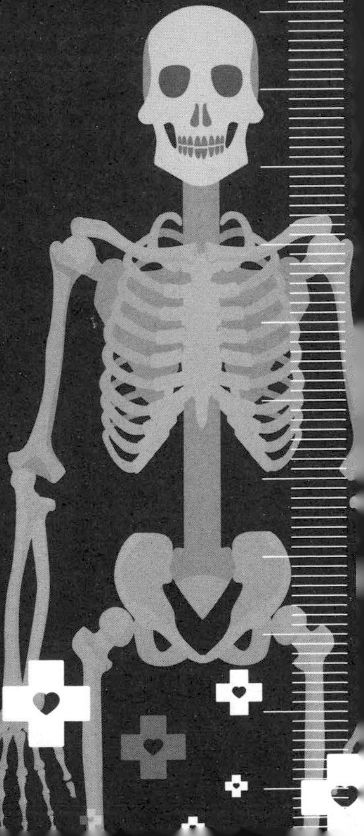

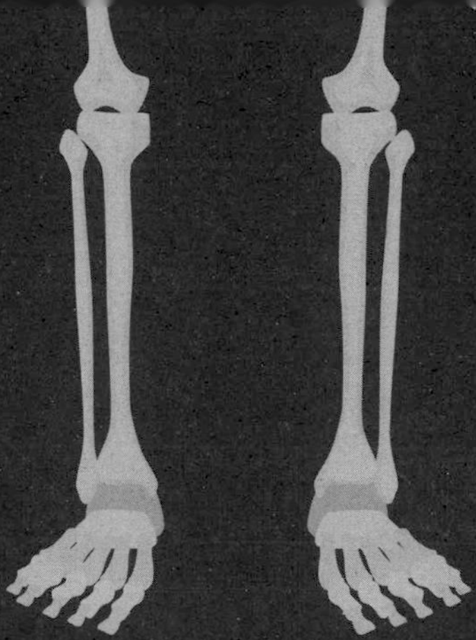

目錄
CONTENTS

怪談病院
第一章　甲醇事件（一）

在冰冷的加護病房裡，除了機器的運轉聲和偶爾響起的警戒鈴聲外，幾乎沒有其他聲音。坐在護理站埋頭寫紀錄的白衣女子，搖頭晃腦地抬頭看著牆上時鐘一眼，時針正好指向六，看樣子只要再撐一個半小時就可以下班了！

看著窗外天色布上一層薄薄的霧氣，清晨空氣略為潮濕，忙完一整夜的工作後，白衣女子晃著自己的腦袋，希望能在最後一個半小時裡保持清醒。

「綠豆！妳快來！」病房另一頭傳來一陣叫喚，徹底讓靠在窗邊的她繃緊神經，通常在快要交接班的時刻，誰都不希望發生突發事件，否則等於是無條件加班。

綠豆急忙趕去，發現另一名護士正急著量血壓，綠豆一抬頭望著病人上方的螢幕，畫面裡的心跳指數只剩下45，甚至還有往下降的情況，註明血壓指數的小方格裡，根本看不到數字！

這下糟了，在醫院裡，數字代表一切，這象徵著即將展開一場大戰！

「推急救車和電擊器！開始列印所有的心跳紀錄，準備ＣＰＲ……」綠豆一鼓作氣地將雙手放在按壓位置，下起一連串指令，好讓其他兩名同事開始動作，「阿啪，趕快call醫師！小辣椒，先準備急救藥！」

三個人相當有默契地準備急救。她們在單位裡也算是箇中好手，畢竟有個無敵帶賽的「屎人啪」，誰和她上班都不會多舒服，當天能夠準時下班簡直就是奇蹟。

不一會兒，就看到身材壯碩卻略顯發福的男子出現在病房內，頂著一頭亂髮慌張地出現，手裡還捧著好幾本的急救原文書，若不是身上的白袍象徵著他的身分，看起來真像長期睡在地下鐵的落魄流浪漢。

「現在狀況如何？」雖然一臉睡眼惺忪，但是在這種狀態下還是得在最短時間內保持清醒。

阿啪開始念出一連串的生命指數，順手遮上長的像木乃伊身上布條的心跳紀錄。醫師立刻下達急救步驟，甚至和綠豆交換急救位置，輪流按壓病人的心臟。

這時，機器登時發出刺耳聲響，醫師的眼睛始終沒有離開螢幕，立即喊著：「電擊器！」

小辣椒立即推上電擊器，開始調整焦耳。

這時，綠豆突然感到一陣頭皮發麻，感覺耳旁有一陣冷風吹過，忍不住一身雞皮疙瘩，但是病房是密閉空間，哪來的風？

綠豆晃著頭，心裡只想著趕快急救，沒時間讓她想太多，正當她手裡拿著針劑，一抬頭……突然瞧見病人的頭頂上竄出一股不怎麼像氣流的白色物體，正在醫師的頭頂上盤旋。

「我……我太累了嗎？」綠豆的手忍不住抖了兩下，連眨好幾次眼，就發現那團白色物體不見了！

「clear！」醫師的叫聲把綠豆喚回現實。

醫師在確定其他三人都退開後，才放下電擊器，只聽「碰」一聲，病人因為電力的關係而撞擊病床，但是隨之響起的竟是醫師的慘叫聲，實在淒厲！

只見醫師渾身抖動不停，投降似地舉起雙手，五官扭曲、鼻孔放大，甚至連鮪魚肚都縮了一下。

「馬醫師！」小辣椒喊著，發現他的腰帶上有著金屬扣環，「你下次別繫皮帶，不然就離床遠一點，你電到自己了啦！」

在這種情況下，不應過於輕浮，但眼前畫面實在讓她們忍不住抿嘴竊笑。

醫師漲紅著臉，連忙收住驚天地的叫聲，咕噥著：「我記得我明明站很開啊！」

「馬醫師，病人的瞳孔放大，血壓和心跳都測不到！」阿帕在這種時刻還是能秉持專業，誰叫她是屎人王，別人排班和她上班是機率，而她上班遇到ＣＰＲ的機率則是高達百分之百，誰能比她更專業。

馬醫師抬頭看看牆上的時鐘，「死亡時刻七點零三分！」

四人帶著莊嚴而凝重的神情看了病人一眼，小辣椒開始動手開除病患身上的管路，阿帕早已聯絡家屬在病房外等候，準備告知他們這不幸的消息。

馬醫師正準備離開時，被單裡突然伸出一隻乾枯蒼白、毫無血色的手臂，狠狠抓住了馬醫師的手。

那……那隻手……不是屬於已經宣告死亡時間的病患嗎？

馬醫師再度發出慘絕人寰的哀號，因為緊抓著自己的力道之大，實在一點都不像出自一名過世的病人！

其他三人被這一幕嚇傻了眼，綠豆連忙重新在病患的身上黏貼感應紙，驚慌失措地看著螢幕……心跳是一直線啊！

馬醫師像是身上著火一樣又叫又跳，使勁全力才甩開手。

「這應該是肌肉僵直的反應啦！」綠豆也覺得不可思議，但這種情況必須要有人保持鎮靜。看著其他兩個幾乎快昏厥的同事，外加已經歇斯底里的醫師，如果她不趕快說出一個讓人安心的答案，這三個人會被嚇死。

「肌肉僵直？」小辣椒納悶地問，怎麼說她也是專業的護理人員，沒聽過這種事，而且學校也沒教過人死之後會有什麼反應。

「對！這是一種生理反應，對吧？馬醫師？」綠豆連忙向馬醫師求救，希望他鎮定一點，再怎麼說，他可是在場唯一一個不是躺在病床上的男人，好歹也拿出一點男子氣概，別跟個娘兒們一樣！

雖然她打從心底就很唾棄身高一百八的馬醫師分明是個娘娘腔！

「呃……對！是這樣！」馬醫師看見綠豆的眼睛流露出凶光，她看起來比床上那隻手還可怕。

就在這時，加護病房的大門被推了開來，四個人全嚇得倒抽一口氣，馬醫師甚至又不爭氣地彈跳了一下。

原來是準備接班的護理人員們到了，原本密閉的空間裡頓時湧進不少人氣，場面才稍稍緩和一點。

綠豆一抬頭，心想交班時間到了，她必須動作快一點才行。

她顧不得方才發生的事，只想趕快讓家屬將病患帶回家，而她也想洗個澡，好好地大睡一覺。

看著小辣椒和阿啪完全不敢靠近，她只好認命地自己動手。

這時，護理長出現在單位裡，身後還跟了好幾個陌生臉孔，看起來每個都相當青澀，如果沒猜錯，應該是應屆的菜鳥。

護理長開始和大家介紹這一期的新進人員，綠豆正忙著處理病患，只能遠遠聽著，手上的工作卻不曾停止。

這時，她感覺到有一道目光正朝自己投射而來，她一抬頭，看一名眼睛水靈、長相秀氣的新進人員正詭異地盯著她……

一連好幾天，綠豆老是睡不安穩，自從發生屍體伸手事件後，大家的心底總是毛毛的，但是她自認憑著自己的野性第六感，人不犯鬼，鬼不犯人，她應該不會這麼容易再遇到吧。

她拖著疲憊的身子，好不容易逼自己下床，長期上大夜班的後果就是搞垮身體，賺進大把的夜班費，然後不是拿去買補品，就是累得沒時間花，真不知道何苦來哉？

若不是太多人不想上大夜班，她也犯不著老是上這種吃力不討好的夜班。

好不容易晃到單位，就看到不太熟悉的人影，仔細一看，不就是當初一直盯著她瞧的那個新人嗎？

她記得這學妹叫依芳，當初新進的一批人，如今只剩她還撐的住，其他人早就拍拍屁股走人。現在太多草莓族，醫院的環境又惡劣，不是注定勞碌命的人，還真的待不住！

綠豆朝著她微笑，自己是大夜班班底，菜鳥一律上白班受訓，他們根本還不曾正式合作，甚至連說話都沒有，只是她對這個學妹有著滿討喜的印象。

「學姐，從今天開始我就是正式人員了，阿長排我上夜班，請多多指教！」依芳不是那種很漂亮的女孩子，卻有種飄忽的氣質，態度上看起來相當有教養，起碼知道做人的道理，跟她打一聲招呼！

「別那麼客氣，大家一起工作，互相互相！」綠豆八面玲瓏的死個性到哪裡都不會改，總是一臉笑容，從不動氣，堪稱是單位裡的濫好人一個，學妹能跟她上班，沒有一個不感到慶幸，因為她完全不會欺負學妹。

正當大家還在客套的寒喧，阿帕一把用力地推門而入，看她急驚風的模樣，八成又睡過頭了。

綠豆真不明白為什麼有些男人會對護士會產生遐想，阿帕是護士最典型的代表人物，來上班時，別說沒時間化妝，連梳頭都嫌麻煩，胡亂把頭髮盤起來之後，白色制服隨便一套就開始上班了。

男人們如果和護士一連相處十天半個月，應該會幻想破滅吧！

這時小夜班的琳琳突然把綠豆拉到一邊去，小聲地說：「綠豆，妳今天有沒有看新聞？今天白班送來一個誤喝假酒的病人，是今年全臺第一個，聽說搞不好是假酒流到市面上，所以每個單位都很緊張，忙著調查假酒來源。怎知今天小夜班已經宣告不治，整個醫院鬧得沸沸揚揚的。」

綠豆瞪大眼看著琳琳，今天她直接從護士宿舍過來，根本沒經過醫院大廳，完全不知道醫院已經引起騷動了。

綠豆看了病房一眼，唯一的一張空床，正是六號床，想必剛剛才送走病人，連床單都還未收拾乾淨。

這時阿帕已經開始幫每個病人量體溫，走到七號床時，躺在床上的是一名年約五十，是少數意識清醒，進來觀察心臟變化的男性病患。

他一見阿帕走近，就對著她說：「這裡不是醫院嗎？為什麼這麼晚了，裡面還有人？而且我看他站很久了，妳搬個椅子給他坐吧！」

這時，阿啪的心臟頓時漏跳一拍，他口中的人……是護士吧？

「阿伯，你說的是誰啊？」阿啪是出名的「孬人」第一名，但是不表示她可以沒神經到不會疑神疑鬼，她衷心期望阿伯能說出讓人可以接受的答案。

阿伯納悶地看著阿啪，突然手指著她，輕輕卻帶著陰森的語氣說：「他現在就在妳背後啊！」

阿啪差點拿不住手中的體溫計，在場所有人頓時起了一陣寒顫，唯獨依芳面無表情地繼續低頭做事。小夜班的人早就覺得氣氛怪怪的，二話不說立即換上便服離開了，剩綠豆、阿啪和依芳三人。

阿啪心底直發毛，嘴上卻不說一句，不斷地安慰自己，那只不過是一個虛弱歐吉桑嗑太多藥，所以產生幻覺罷了。

就在這時，單位的電話聲響起，阿啪急忙接起電話，瞧她開始翻白眼的模樣，就知道又有新病人要送來了！

還沒開工就有新病人，實在是很掃興的一件事。

醫院雖然只是小小的區域醫院，外表看起來也很破舊，但是加護病房的床位始終供不應求，他們位居三樓，只有八個床位，為此，樓下也增設了同樣床數的加護病房。但是病床再多，也趕不上人生病的速度，每天忙得焦頭爛額，薪水也不見得多一點。

如今樓下滿床，只剩他們有床位，理所當然是由他們接收。

綠豆正忙著鋪床，病患已經由急診送上來，一看到病患，她終於稍稍緩了口氣——沒有接著呼吸器，沒有一身已經腐爛的褥瘡，看上去只是……只是個需要住院觀察的病患！

「搞什麼東西？這種病人為什麼送到加護病房？只不過發燒就送這裡，當我們是養老院阿？急診的醫師是不會判斷啊！」接下病人的阿啪忍不住發牢騷，好幾次都發生這樣的狀況，不但占床，真正有需要的病人還無法進來治療才叫人嘔氣。

正當阿啪一肚子的火，緊急鈴聲又再度響起，綠豆忍不住哀號，嚷著：「阿啪，妳的帶賽真的是前無古人後無來者，每次跟妳上班都會出事，妳能不能好心一點，找個時間去拜拜？」

綠豆一邊說，一邊衝到病床，這一看……她的哀號聲更大了，病人竟然在一瞬間沒了心跳！

「快點推急救車！」綠豆直接跳上去按壓，阿啪反射性的一連串動作，讓菜鳥依芳頓時傻眼，第一次碰到急救，她還真的不知道怎麼反應！

「學妹，妳傻在那邊做什麼？快點叫馬醫師下來！」綠豆急著大喊。

依芳慌張得渾身發抖，連電話都不知道怎麼打了！這樣的陣仗……教科書都沒教……

這時，不巧另一床的警鈴聲跟著響起，阿啪和綠豆頓時臉色發青，阿啪丟下正在急救的綠豆，以跑百米的速度衝到鈴聲的來源處，當她停下腳步，竟然也爆出哀號：「這床也沒心跳了！」

不會吧！今天是什麼日子？同時兩床需要急救？

阿啪趕忙再去推另一臺急救車，口氣緊迫地喊著：「學妹，妳到底找到馬醫師了沒？」

「我剛打了休息室的電話和手機，可是沒人接！」

依芳不知該做什麼好，病房的格局是ㄇ字型，護理站在正中央，她正好可以環顧整個病房，她看著左邊的綠豆和右邊的阿啪，冷汗直流！為什麼她上班第一天就碰到這麼緊急的狀況？

綠豆已經開始飆汗，嘴裡吼著：「馬自達又跑到哪裡鬼混了？需要他的時候，他消失的速度果真人如其名！」

若是平時，依芳會笑出來，但是看著兩邊學姐，加上她發抖的手，顯然人力比以往更不足，她沒飆淚就不錯不了。

「學妹，趕快打電話給樓下，請求支援，然後打電話給總機，告訴她這裡有緊急狀況，請她不斷狂 call 馬自達，直到他出現為止！」

綠豆開始下達命令，她看得出新人已經嚇傻了，再不找點事給她做，只怕到時又多一個需要照顧的病患。

「學妹，快點先給急救藥……」阿帕也同時出聲，光靠她一個人急救，已經快撐不住了！

「學妹，心電圖記錄了沒？」

「學妹……」

「學妹……」

在援軍到達前，依芳忙得團團轉，只聽到不停地喊她學妹，直讓她發昏。

就在這混亂的當下，突然在另一頭又響起尖銳、刺耳，甚至帶著奪人心魂一般的恐怖警鈴聲。

那是……剛剛跟阿啪說話的七號床阿伯！他剛剛不是還清醒地說話？

在場三人不約而同地往那個方向一看，此時不只是流汗而已，而是一股怪異的氣氛瀰漫四周，有種不寒而慄的恐懼感湧上心頭，只有八床病人，同時有三床需要急救的機率有多少？

就算加護病房是重症單位，同時急救兩床已經是少之又少了，從不曾同時急救三床，加上這裡堪稱是養老院性質的加護病房，若說有真正重症病患，頂多才五床，這樣的狀況，前所未見。

依芳趕緊走到七號床，她試圖保持鎮定，聲音卻抖個不停，「他……的心跳也停止了！」

依芳趕忙給予心臟按摩，但是急救車只有兩臺，怎麼急救三名病患？

「樓下在幹嘛？我們一人壓一個，連我們自己都斷氣了，他們是用爬的爬不上來嗎？」綠豆一向大剌剌，說話總是不會忌諱，尤其是她快抓狂的時候。

不過綠豆這麼一說，她們才驚覺只相隔一層樓，為什麼支援的人還沒到？

再這樣下去，沒一個病人可以救的回來！

「打電話給總機，把全院的值班醫師都找來，我就不信全院找不到人！」綠豆發狠似的吼著，阿啪連忙衝到護理站拿起電話，怎知卻是一臉的鐵青，屏住呼吸，全身定格般地動也不動！

「阿啪，妳還有時間裝中風啊？妳不打電話，難道要請神明來幫我們急救嗎？」綠豆平日脾氣好，但是這種情況怎麼好的起來？

她不知道今天到底是什麼鬼日子！難道今天哪個白痴吃了鳳梨？犯了病房大忌，導致這種難以收拾的局面？

「電話……電話全斷線了！」阿啪困難地嚥了一口口水，此話一出，其餘兩人也都定格不動。

綠豆低頭看著自己的病人，只見病患睜大眼盯著她，卻毫無意識，但是無神的眼睛這般凶狠，在這一瞬間，病患的七孔緩緩流下黏稠的暗黑色血液，恐怖的模樣讓綠豆不自覺踉蹌兩步。

「怎麼可能？」綠豆雖然有信仰，也信鬼神，但她不信自己這麼衰，竟然真的給她遇到這種完全無法解釋的狀況！

綠豆趕緊衝到備餐室，一把抓出自己包包裡的手機……竟然是訊號外！

她拿起阿啪放在桌上的手機，也是一樣！

「太不對勁了！這到底是怎麼回事？」連一向大剌剌的綠豆也傻眼，這一切的一切，她無法解釋！

這時，依芳重新走回護理站，但是慌亂的神情卻不知在何時已經消失不見，取而代之的一派的凝重和嚴肅。

只見她從口袋裡拿出幾張泛黃的紙，緊皺著眉，不情願地喃喃說著：「我真的很不想這麼做！」

在阿啪和綠豆還搞不清楚狀況時，依芳突然用力地咬破手指，鮮紅血液冒出指尖的同時，迅速在紙上畫下相當古怪的文字和符號！

更奇怪的是，依芳寫完後一抬頭，毫不猶豫地猛然一彈指，竟然在食指和無名指之間浮出火焰，瞬間燒了手中的黃紙，嘴裡還念念有詞。

這……這不是在殭屍片裡才看得到的畫面嗎？現實生活中怎麼可能有這種事？

「學妹……不好意思打斷妳一下，請問妳在做什麼？」綠豆小心翼翼地在旁邊輕聲問。

怎知依芳一臉鎮定地回答：「學姐不是說要請神明來幫忙急救嗎？我現在就請神明下來幫忙！」

第二章　甲醇事件（二）

依芳手中的黃紙一燒完，便開始乾嘔起來。

見她乾嘔得很厲害，阿啪和綠豆頓時也慌了手腳。

「我沒關係！」依芳抬起頭，神情突然輕鬆起來了，她此時雙手合十，虔誠地朝著前方一拜，隨即轉頭說，「等一下就沒事了！」

當她一說完，加護病房的大門頓時湧進一大批人，每個人的神色都顯得很慌張。

「你們在搞什麼鬼？總機說妳們這邊有急救病人，妳們幹嘛把大門鎖起來，感應卡都刷不開！」馬自達一邊跑進來，一邊不高興地嚷嚷。

加護病房屬於特殊單位，進出人數都需要管制，家屬也只有開放時間才能進入，一般時間大多會關上門，用員工識別證才能進出。

馬自達以為自己的感應卡壞了，怎知樓下的護士一樣刷不進去。

「而且我們在門外叫妳們，也都沒有回應，電話又都打不通，真是急死人了！」樓下的護士一口氣跑上來兩個，也是一臉著急。

「是哪個病人需要急救？」馬自達轉了一圈，找不到是哪一個病患。

剛剛還在垂死邊緣的三名病患，現在都睡得好好的，機器上所顯示的生命徵象指數都很正常，沒有異狀。

這……未免太奇怪了吧？綠豆站在原地動也不敢動，方才她的病人才七孔流血地瞪著她，怎麼現在卻睡的如此安祥？臉上的血跡呢？

「你們也太厲害了吧？三個人急救三床，你們怎麼辦到的？」樓下的其中一名護士也是一臉不可思議，這根本不可能辦到啊！

「不！我們是……」阿啪急著想說出見鬼兩個字，餘光卻看到依芳搖著頭，意示不要聲張。

經過先前的舉動，她們才發現依芳不是普通的小學妹，這時還是遵照她的指示，以免又出什麼亂子。

這些人一見沒事，陸陸續續離開了病房，阿啪和綠豆想拉住馬自達壯壯膽，但是依芳連連搖頭，綠豆心想馬自達平時比女人還膽小，留他下來根本是自找麻煩，何況現在有個請動神明的小學妹，說實在也沒什麼好怕的。

不過保險起見，大門再也不敢關上，索性在天亮之前先開著。

等到大家都離開後，阿啪才趕忙問著：「剛剛是怎麼回事？難道我們遇到不乾淨的東西？」

依芳四面環顧一下，才沉聲道：「七號床阿伯看到的的確是真的，當時也真的站在阿啪學姐背後。不過當我們在急救的時候，我卻看不到任何鬼影，現在我請神明下來，更是完全不可能有鬼的存在！」

她這麼一說，阿啪立即感到強烈的暈眩，一想到背後有鬼，整個人都毛了起來，「妳看得到？那妳怎麼不跟我說？」阿啪快尖叫了。

「看得到也不能說，這是行規！」這時的依芳一點也看不出青澀，顯然她對這方面有些研究。

「鬼魂和我們一樣過日子，只是空間不同，一般鬼魂是不能讓人類看見的，不然等於是犯了陰間的法律，要受罰的！

「所以，鬼嚇人有兩種情況，一種就是他存心找上妳，一種就是他不小心讓妳看見，必須嚇跑妳，不然就是他自己也受到驚嚇所呈現出來的本能反映。而我們這種陰陽眼，也是因為這樣而不能說，否則會破壞陰陽平衡。

「曾經有人就是因為說出鬼魂的行蹤，壞了他投胎的時間，導致最後鬼找上門的慘劇，一般有陰陽眼的人不會自找麻煩！」

「就算有鬼作怪，妳也不說？」綠豆開始感到忿忿不平，這可是危及到他們和病人的安全耶！

「這又不一樣了，鬼魂會在世間流連也有兩種狀況，一種就是剛往生的只能稱作魂，他們還沒到陰間報到。妳想想看，哪裡有比醫院更多魂魄的地方？我總不能看見一個就說一次吧！另一種就是心中還有心願未了或是帶著怨氣，在世間停留久了，不單單是魂，而是大家口中的鬼了！一般的鬼向來只是想完成心願，並不會危害人類，所以大多時候幫助他們完成心願，他們就會離開了，但是有少數作怪……就真的必須採取行動了！」

剛剛她不就採取行動了嗎？兩位學姐幹嘛一副很不諒解的模樣？依芳心裡想著。

「妳怎麼會那一招？」綠豆一臉疑惑，這不是普通人都會的招式吧？看起來就像老是演道士的林正英一樣，厲害到可以手指冒火花，這簡直是暫時停止呼吸現場版，何況她似乎懂的不少，看起來好像真有兩下子。

「那是我阿公教的！」一說到這裡，依芳的臉上現出一抹得意，「我阿公在南部是赫赫有名的天師，上達天聽，下達冥獄，他的法力高強，聽說他收伏的鬼怪沒有上萬，也有上千！」

依芳的阿公才十幾歲就當天師，在南部也流傳不少相關事跡，雖然依芳認為誇大的成分居多，不過她阿公的實力真的不容小覷，他一出手，從未失敗過。

「依照今天情況來看，我們應該是遇到鬼遮眼了。剛才那招，只是簡單地請神明出現，來幫助我們破除鬼遮眼。現在有神明守著，暫時不用怕，這樣的保護會持續到確定我們沒事之後才會離開，短時間內應該不會有狀況了。」

鬼遮眼？難怪有這麼多狀況！不過阿帕和綠豆這麼一聽，不禁喜上眉梢，這麼說來，只要有依芳在，就什麼都不用怕了？

「依芳，妳這麼厲害，以後跟妳上班就不會發生怪事了！」綠豆開心地鬆了一口氣，心想終於可以擺脫阿帕帶賽的命運了。

怎知，依芳卻定定地看著綠豆，搖著頭說：「每個人生下來，磁場就已註定了，像我天生註定和神明的磁場相近，所以我請得動神明，而妳……卻會吸引鬼！」

「等等，妳別亂說，一直都是阿帕帶賽，怎麼可能是我？」綠豆死也不想承認這個事實，多少年來，她還不是吃得好、睡得飽，一直都活得好好的？

「阿帕學姐只是時運差，但是妳不一樣！應該是妳平常遲鈍慣了，所以一直沒發現身邊奇怪的大小事！」

這也是為什麼依芳一開始就盯著她瞧的原因，若不是綠豆平時就相當盡心的照顧病人，心底的良善讓她躲過不好的靈，否則她的運比阿啪更糟！

這時阿啪離兩人有一大步的距離，現在她離得更遠了，「這麼說來，這次的鬼，也是綠豆引來的？」她的聲音有著明顯的顫抖。

「不！」依芳很肯定，這讓綠豆徹底鬆了一口氣，「怨氣這麼重的鬼，不單單只是被引來這麼簡單，只怕有內情！總而言之，這件事情先別傳出去，否則引起人心惶惶，到時我們身上的氣會變弱，鬼的氣會相對地增強，對我們來說相當不利。」

依芳流露出不安的神情，綠豆卻是那種走到哪裡都能嘻嘻哈哈的不知死活那一派，她拍拍依芳的肩膀，不要緊地說：「依芳，妳阿公不是很厲害嗎？妳幹嘛那麼害怕的樣子？有妳在，我們不需要怕啊！」

「我阿公的天師等級是很崇高的那一種，不是普通人可以達到的境界！」

綠豆一聽，心底根本就在唱歌，不管她是不是真的容易遇鬼，起碼身邊有厲害的人在，就算依芳不可能和她阿公一樣了不起，起碼也會幾招吧！她一樣又能快活地過日子！

「那妳的能力又是屬於哪一種啊？」綠豆相當期待她的答案，眼底閃著精光。

依芳以非常認真的眼神看著綠豆，輕輕地說：「十分兩光的那種。」

聽到回答，阿啪和綠豆兩人都傻眼了。

「這怎麼可能？妳剛剛那招就很帥啊！」綠豆笨拙地模仿著依芳剛剛的彈指動作。

依芳長長地呼了口氣，「我就會那麼一百零一招，這只是基本的防身術而已！」

對於這一點，她倒是相當老實！沒必要誇大其詞，因為她也不想自找麻煩。

「搞什麼鬼，妳阿公是天師欸，好歹也要會個皮毛吧？」阿啪開始覺得周圍的空氣似乎又冷了幾分，她疑神疑鬼地四處張望，深怕又有什麼看不見的東西站在她背後。

依芳一聽到阿啪的質疑，心底是有那麼一些不舒服，不過礙於對方是自己的學姐，只好悶聲說：「和尚的兒子豈不都要當和尚了？」

這是什麼爛比喻？和尚根本不會生兒子！綠豆在心底喊著，不過這不是討論和尚和兒子的問題，而是她們現在和以後的問題。

「妳確定那個不乾淨的東西真的不在了？」鬼這個字，綠豆一點也不想說出口。

依芳站起來環顧四週，「我沒有看到任何不該看到的東西，請妳們安心地工作吧！」

阿啪和綠豆仍是半信半疑，一整晚都跟在依芳身邊，不敢離太遠，甚至連廁所都不敢去，硬是撐到下班為止。

下班後回到宿舍，阿啪和綠豆還是驚魂未定地不敢入睡，反倒是住在綠豆隔壁寢室的依芳睡得十分香甜，似乎對於這種事早就司空見慣，一點也不覺得奇怪。

只是睡到一半，她就被刺耳的敲門聲吵醒了。

依芳看看床旁的鬧鐘，才下午一點，她根本還沒睡飽，到底是誰急著把她叫醒？

她一腳踹開棉被，甚至不高興的在床上踢了幾下才心不甘情不願地下床，一打開門，就是綠豆鐵青的臉。

「學姐？」依芳一臉的疑惑，什麼事情這麼急？她們也才一起上過班一次，交情還沒深入到開始私下談心吧？

「依芳，剛剛我去單位問狀況，結果阿長說……白班在六個小時內，送走了六個病人，而且今天幾乎一整天都在急救。妳說，會不會他們也鬼遮眼？」

一向溫吞的綠豆對生活瑣事都漫不經心，但只要牽扯到病人，她的反應就不一樣了。

依芳似乎尚未回過神，看上去是一臉的呆滯，一句話也不說，就站在原地不動許久。

「依芳？」綠豆推了她一把。

依芳才回過神，連忙從房間拿出一件外套穿上，神色微變道：「先去單位看看吧，在這裡猜測也沒用。」

兩人匆忙地趕到加護病房，果不其然，裡面已是一片兵荒馬亂，看到連護理長也是披頭散髮的模樣，可見單位裡已經不是能控制的狀態了！

依芳一走進單位，就感覺到強烈的陰氣。雖然白天人多，醫院畢竟是屬陰的地方，白天或夜晚對鬼魂來說並沒有多大的差別，何況醫院裡要找到潮濕陰暗的避風港，根本不費吹灰之力！

依芳這回一進去，看到的已經不止一隻鬼了，而是將整個單位擠得滿滿的大量鬼魂，她認得出來有一個是昨天七號床那個阿伯，昨晚躲過一劫，今天還是避不了，現在他也成了飄浮的靈體了！

這麼多的鬼聚在這裡，始終不肯離開，這是怎麼一回事？

然而最顯眼的就是昨天站在阿帕身後的那隻鬼，看起來瘦弱又矮小，眼睛帶著強烈的憤怒，臉孔猙獰，五官扭曲，裡面就屬他的怨氣最重，昨天八成也是他在作怪。

「昨天我們急救的三床全都在今天早上往生了，怎麼會這樣？妳有看到什麼嗎？」綠豆有種呼吸困難的感覺。

依芳沉默不語，若是她說出實話，擔心綠豆二話不說立刻遞辭呈，畢竟這世上說不怕鬼的人只有兩種，一種就是這一輩子沒見過鬼，鐵齒的死硬派，另一種就是像她這樣的人，習以為常！

若是平常人，誰不怕鬼？光是自我想像就可以嚇上一段時間了！

白班一口氣推出去六床，只要一有病人蓋白布推了出去，馬上又有新病人進來。最詭異的是……新病人在短短的兩小時內沒了心跳，同樣淪落到蓋白布的下場。

「別再接病人了！」依芳突然走向護理長，一臉凝重地說，雖然她只是剛上任的小護士，但是看她的神情，讓人覺得事情似乎很嚴重。

綠豆連忙跟上前，點頭如搗蒜的附和：「阿長，妳一定要聽她的！」

「什麼理由要我不接病人？我要怎麼跟上面解釋？」阿長似乎已經瀕臨崩潰的邊緣，無法克制地吼著，「妳知道有多少人想住進加護病房嗎？如果我們不接病人，光靠樓下撐不過去！」

怎知依芳卻膽大包天地抓住阿長的手腕，陰沉地說：「妳接多少病人就會死多少！」

第三章　甲醇事件（三）

現在已經不是怕不怕的問題了，依芳沒想到這隻鬼這麼凶，一口氣要了這麼多人命，當初鬼遮眼也以為只是他的胡鬧，現在看來事情沒那麼簡單。今天單位的整個磁場徹底改變，若是再有人往生，這個空間只怕會被帶著怨氣的鬼魂所占據。

阿長這時不得不正視著依芳，她只不過是個菜鳥，先前受訓時看起來溫順安靜，執行臨床技術的時候還會緊張地發抖，甚至問她學理知識的時候，還會結結巴巴說不出話來。每次上課都躲在後面，就怕被抽問，觀察她這一段時間，看她一點也不會投機取巧，也不會譁眾取寵，就是單純的女孩子。

但是現在她的眼神好凌厲，也非常強硬，這不是一個應屆畢業生的眼神，沒出過社會的人不會有這樣的悍然的神情。

「妳這麼說，到底是什麼意思？」阿長知道醫院怪事多，但是……沒見過今天這種事，她知道有問題，但是她要知道答案。

「阿長，妳別知道太多，總之，別接病人就是了！」她叮嚀著，然後看著六號床，神色顯得相當不對勁，「如果可以，請人辦場法事吧！」

法事？依芳這麼一說，護理長的心情更加沉重，她不清楚原委，但是就算是外行人，也知道其中大有問題，不過……若是不接病人就要關病房，護理長很難向上面交代。

阿長抱頭苦惱時，依芳連忙走到綠豆身邊，「學姐，當病人死亡的時候，不是都必須記錄死者的死亡時間和基本資料嗎？我想看看六號床的死亡原因！」

依芳剛來上班，很多事情都還在摸索，綠豆已經是工作三年的老鳥，立刻從護理站裡的抽屜拿出一本厚重的冊子，上面記著每一個往生病人的資料。

依芳迅速地翻閱著，光是這兩天六號床就走了三個病人，一時之間依芳還真的不知道目前坐在六號床，那個眼露凶光、怨氣極重的矮小鬼魂是誰。

還好，經過身高和年齡資料比對，依芳確認那個鬼魂就是周火旺，45歲，算起來還是壯年，但是一看到死亡原因，竟然是甲醇中毒！

周火旺不就是昨天頭條新聞的主角？因為他，全臺人心惶惶，就怕有人在市面上也買到假酒。

事件還沒落幕，人就已經死了，顯然他心有未甘！

依芳指著周火旺的名字，小聲地對綠豆說：「就是他！應該就是他在作怪！」

綠豆一見她講話這麼小聲，跟著也壓低嗓子：「妳說他為什麼要害那麼多人？」

被綠豆這麼一問，依芳狠狠瞪了她一眼，「我怎麼知道，難不成妳要我現在過去問他嗎？」

好奇心真的會害死一個人，這個學姐存心推她入火坑嗎？她以為問鬼跟問路一樣簡單啊？

綠豆不好意思地搔著頭，說實在，就算依芳真的敢走過去問，她可能也不敢聽。

「這種狀況不是我們能夠解決的，醫院應該有處理這方面的經驗，還是交給專業人士比較好！」

依芳無可奈何地聳著肩，對於超出能力範圍的事，她絲毫沒有介入的意願，唯一能做的也只是告誡他們，別再讓病人進來送死！

重點是，她今晚還要上班，真有什麼事情，等她睡飽再說！

依芳和綠豆再度回到宿舍，宿舍和醫院間必須經過一條受到管制的走廊，也因為管制，這條長廊總是冷冷清清，就算是大白天，看起來還是特別陰暗，尤其天花板上面的日光燈壞了一盞，不停閃爍卻始終沒有人來換。

「依芳，妳說我們要不要查看看他到底為什麼這麼凶？怨氣這麼重，搞不好我們化解它心中的怨氣，它就會離開了！」綠豆天真地說著想法。

依芳突然停下來看著她，「學姐，不是每個鬼魂都跟卡通裡的卡士柏一樣善良可愛，誰知道他是不是因為太孤單了，想找幾個人作伴？如果真是這樣，萬一他喜歡上妳，邀請妳同赴黃泉，妳這不是自找麻煩？」

綠豆仔細一想，這樣也對，若是她太雞婆而介入，搞不好就帶了幾個看不見的朋友回家，到時她哪來的好日子過？

綠豆才這麼一想，迎面而來的一名男子，引起了她的注意。奇怪，這條長廊經過管制，但是她從來沒見過眼前的男人，難道是新來的醫護人員嗎？

反觀一旁的依芳，大大地倒抽了一口氣，眼前這個男人……怎麼會出現在這裡？

綠豆納悶地看著依芳，再回頭卻看到男人開始七孔流血，身體也慢慢變成半透明，眼睛猛然翻白，開始咧嘴直到耳根，綠豆甚至可以看到他一嘴的爛牙。

這是怎麼回事？綠豆兩腿發軟，根本站不住腳，頓時跪在男人的面前，不跪還好，這一跪才發現……對方根本沒有腳，完全飄在半空中，綠豆本能地抬頭再看一眼，發現他正低頭對著她笑，身上還有濃濃的酒氣和腐屍味，嗆得她一陣胃液翻攪。

雖然她很希望自己能夠嚇到暈倒，沒想到面對這樣的驚悚畫面，她竟然只是腿軟……

不過，她突然想起依芳，怎麼說依芳也有神明護身——人呢？依芳怎麼不見了？

綠豆心底暗罵，好樣的，這臭丫頭竟然自己先跑，丟她一個人面對活生生的鬼……喔不！他不是活的！

「呃……嗨……」已經被嚇到神智快要錯亂的綠豆，竟然硬是對著鬼笑，「你媽媽有沒有跟你說……長得醜就不要出來嚇人，尤其……你真的不太好看！」

真不愧是綠豆，這時也想讓氣氛輕鬆一下，但是她看著鬼魂越來越近，那股令人作嘔的味道也越來越濃郁，真的讓她輕鬆不起來了！

這時的依芳，逃跑了好幾步後，才發現綠豆沒跟上來。

不會吧！依芳在心底慘叫，她是很想落跑沒錯，遇到擺明就是前來尋凶的惡鬼，誰會不跑？偏偏那個蠢綠豆坐在那邊等死，但是丟下她，似乎太沒有江湖道義了。

當理智和義氣互相掙扎時，依芳已經拔腿往回跑，正好瞧見周火旺和綠豆靠得很近，這時她顧不了這麼多，慌忙地從後方抓住綠豆的衣領，拖著她走了好幾步之後吼著：「學姐，等我們回去後，第一件事情就是好好減肥！」

綠豆算是那種豐腴的美女，男人喜歡的那種波霸身材，但是對瘦不拉機的依芳來說，就算腎上腺激素激增到腦門上冒泡，她也拉不動。

話雖如此，被拖了一小段距離後，綠豆眼見自己脫離危險範圍，立刻爬起來，跟著依芳拔腿跑。雖然雙腿還是有點使不上力，但是能跑就要跑，只是她搞不懂，依芳到底為什麼要跑？

「欸，妳幹嘛跑？」綠豆在依芳的身後大喊。

「廢話，因為我會怕啊！不然妳幹嘛跟著我跑？」依芳一邊跑一邊喘氣，奇怪，這長廊怎麼跑都不會到盡頭？

「妳不一樣！」綠豆第一次想揍人，「妳是天師的後代，怕他作什麼？」

「天師是我阿公，又不是我，我媽交代過，在外面一見到苗頭不對，拔腿就跑！何況，我也沒見過這麼凶的鬼！」

「妳媽媽教得好，但是她有沒有教妳怎麼跑出這鬼地方？」綠豆用僅剩的力氣嘶吼著。

她在這長廊來回走了三年多，用走的也不過幾分鐘，現在他們已經跑了好長一段時間，還是困在長廊裡，而且頭上那一盞一閃一滅的電燈泡一直在頭頂上方，不曾離開他們的視線範圍。

依芳也覺得不對勁，立即停下腳步，綠豆站在她的後面也是不斷地喘氣，心想著平時死都不想動，現在可好了，逃命時這麼一跑，才發現體力差到很想死！

「依芳，算我求妳，趕快請妳的神明下來，快一點！」綠豆哀號著。

怎知依芳卻神情慌亂而一臉為難的解釋，「今天早上我『那個』來了，神明近不了身！」

第四章　甲醇事件（四）

神明近不了身？

綠豆慘綠著一張臉，頻頻喘氣，心想天要亡她嗎？為什麼依芳的大姨媽早不來，晚不來，偏偏是今天來呢？看樣子因為依芳的大姨媽來，讓她很有機會去蘇州找她賣鴨蛋的外婆了！

現在該怎麼辦才好？

這時候，周火旺的鬼影一步步靠近，邪惡而恐怖的笑聲在長廊裡迴盪，兩人甚至可以感覺到冷颼颼的陰風陣陣吹過，一股寒意從腳底直竄腦門。

綠豆看著周火旺以相當緩慢的速度移動著，心裡忍不住懊惱，這個周火旺要嘛就走快一點，讓自己一次嚇個夠，要嘛就不要動，這樣慢慢地逼近，幾顆心臟都不夠用。

現在頭上的日光燈全是一閃一滅的狀態，綠豆心中開始哀號，通常鬼怪要嚇人前，一定會先營造氣氛，搞得被害人非精神錯亂、瀕臨崩潰不可，若是能再搭配幾聲尖叫，簡直達到驚悚片的最精采的一幕！

試問哪一種鬼會在燈火通明的狀態下出現，電影不都是這樣演的？

這時，綠豆狠狠的把依芳拉至自己的身前，低頭緊閉著眼睛，急著大叫：「依芳，妳跟好兄弟比較熟，妳過去跟他溝通一下，跟他說冤有頭、債有主，別找我們這些無辜的人！」

「我什麼時候跟好兄弟很熟？」依芳早也嚇得面無血色。

雖然她有陰陽眼外加有通天本事的阿公，也不代表她和第三空間的朋友們可以相談甚歡啊！

「人家金田一都可以用他爺爺的名字發誓，妳為什麼不能用妳阿公的名字來降妖伏魔？妳快點拿出妳阿公的魄力啦！」綠豆幾乎已經要喪失理智的想起自己最愛的漫畫，忘記這跟現實一點關係都沒有。

「別拿我跟金田一相提並論！」依芳忍不住回頭跟著嘶吼，「況且偵探跟天師有很大的差別！」

「隨便啦！妳快去求他放過我們！」綠豆已經完全喪失尊嚴地跪了下來……

喔，不是，是她又再一次腿軟！

這時周火旺的五官頓時變得扭曲，尤其是他的嘴甚至看起來比依芳的臉還大。

下一瞬間，他的臉放大數倍，依芳和綠豆視線內全是周火旺的臉。

「他的頭怎麼突然變得那麼大？」

「學姐，他不是頭變大，是……越來越靠近我們啦！」依芳心想，打小她就在阿公的保護下長大，不管什麼狀況都有阿公擋著，現在阿公不在身邊，她也快嚇破膽了！

對啊！從小到大都沒有鬼怪敢近身啊！依芳這個念頭突然一閃而逝，但是一時之間卻又想不起跟現在有什麼關聯。

這時周火旺那充斥著腥臭的嘴裡，大聲叫囂著：「不准妳多管閒事！」嗓音果真猶如鬼魅，飄忽陰森，又極端刺耳，猶如指甲刮黑板的聲音般，令人渾身起雞皮疙瘩不說，甚至忍不住摀住耳朵！

「我又沒說要管！」依芳很沒用地嚷著，面對這種況狀要識時務。

這時周火旺一直在兩人身邊盤旋，甚至以驚嚇他們為樂似地不斷尖著嗓子發出令人嚇破膽的笑聲。

這時，周火旺突然伸出完全沒有皮肉的白骨手臂，一把掐住綠豆的脖子。

綠豆拚命掙扎，卻怎樣也摸不到實體，只感到好像被無形的繩子勒住脖子，怎麼樣都解不開。

依芳看著綠豆漲紅著臉，不斷掙扎，心中頓時一驚，偏偏這時周火旺又伸出另一隻白骨手臂，準備掐住依芳的脖子。

依芳節節後退，就算她兩條腿急速狂奔，也比不上周火旺的飄浮無影腳來得快！何況，他是鬼耶，跑輸自己未免太漏氣了？

這時，已經快要喘不過氣的綠豆，用盡全身力氣大吼：「要死你自己去死，我還沒有跟男人happy過，絕對不能死！」

她現在才不過才二十五，人家說戀愛酸酸甜甜的滋味都還沒嘗過，怎麼可以在這裡斷送性命！

綠豆的喊叫聲，頓時讓依芳頓時燃起強烈的求生意志，她今時今日若是死在一隻惡鬼的手上，還有什麼顏面去見她的阿公？

一想到阿公，她突然想起來了，忍不住興奮地喊著：「我想起來了，我還有一樣祕密武器！」

這時，綠豆餘光瞥見依芳猛然拉開自己的衣領，她心裡大驚，該不會依芳想用自己的肉體還換取他們的自由嗎？

拜託，鬼也是有眼睛的，依芳一付皮包骨的模樣，前胸貼後背，不看臉還以為是男生，要脫也是她這種有雄偉身材的人來脫，依芳居然拉開衣服說是自己的祕密武器，這是什麼爛招？綠豆在心底慘叫著。

只見依芳一拉開衣領，突然現出一道耀眼的金光，周火旺一見到金光，驚慌地連連後退，立即慘叫一聲，隨即消失無蹤，綠豆也像個布娃娃一樣被隨手丟在地上。

綠豆抱著自己的脖子，不住咳嗽，差點連膽汁都咳出來了！

「妳沒事吧？」依芳飛快的跑到綠豆的身邊關心。

「妳的祕密武器到底是什麼？拜託，下次遇到這種狀況能不能早一點拿出來，而不是等到我快斷氣的時候！我都看見牛頭馬面在跟我招手了！」綠豆一邊咳，一邊咕噥著，心底卻也好奇到底是什麼東西這麼好用。

依芳拉開自己的衣領，拉出一條紅色絲線，上面有個方型的符袋，她輕輕的在綠豆的面前搖晃著，「就是這個小東西，從小我阿公就掛在我身上的護身符！」

這符袋看起來和一般求得的護身符沒什麼兩樣，其實保護效力相當驚人！

「下次請妳阿公也幫我求一個一模一樣的護身符好不好，順便拜託他把周火旺收拾掉吧！再這樣下去，不被他嚇死，也會被他整死！」

還好，依芳雖然真的很不可靠，但是好歹她的阿公有著相當豐富的實戰經驗，說什麼也很靠得住，只要能請天師出馬，到時被嚇的魂飛魄散的人可是周火旺！

一想到周火旺的下場，綠豆忍不住嘿嘿的笑了兩聲，既然讓她大難不死，那麼該輪到周火旺倒大楣了！

依芳卻無奈地聳著肩，搖頭說：「我阿公早在三年前往生了。」

綠豆實在無法接受這一連串的打擊，以為依芳很有本事，結果相當兩光，心想好歹有天師阿公，偏偏早就駕鶴西歸，現在……到底有誰靠的住？

「那妳爸呢？還是妳有沒有兄弟姐妹繼承妳阿公的衣缽？總有人比妳厲害吧？」綠豆跛著依舊使不上力的雙腳，一邊急著走回宿舍，一邊心慌地嚷著。

依芳扶著她，「妳以為這種功力可以世襲啊？我爸對這些事比妳還遲鈍，就連我阿公也是在神桌下睡了七七四十九天，才有這樣的神力，說了妳也不信！」

依芳的阿公在年輕時是全村最膽小的人，甚至是村人取笑的對象，神明卻直接點名他當接班人，要求在神桌下睡七七四十九天，沒想到之後她阿公不但有如神助一般開了天眼，甚至解決了地方上許多不可思議的難題。

在神桌下睡七七四十九天，已經成了當地的傳奇，關於這一點，依芳覺得未免過於誇張，但是連他那個正經八百的老爸也信誓旦旦地點頭，好像真有那麼一回事，不過聽在她的耳裡，總覺得這根本是個神話。

說給別人聽，不相信的人占大多數，所以依芳很少提起。

不過她的確覺得納悶，當時她的阿公那麼年輕，若說要去學功夫，也不可能一夕之間就學全，可是她的阿公的確在二十歲出頭就是相當有名的天師了！

這時綠豆突然對著依芳，以相當激動的語氣說：「信！我怎麼會不信！妳趕快也去神桌下睡個幾天，妳阿公睡四十九天就那麼厲害，妳乾脆也去睡一下！」

「妳以為阿貓阿狗都能去睡啊？」依芳沒好氣地回嘴，看她的表情已經回復以往，好像周火旺對她的驚嚇並不是那麼強烈。「我們還是想想該怎麼對付周火旺吧，看樣子他似乎找上我們了！」

「說到這個，我總覺得他好像是不分對象下手，還要妳別多管閒事，是害怕我們壞了他的好事嗎？難道……他計畫害死更多人？」

綠豆的話才一出口，她便不自主地打了一個哆嗦，如果真是如此，那麼醫院要死多少人，周火旺才會罷手？

依芳懊惱地蹙眉不語，心裡卻不斷的碎念，為什麼剛出社會就碰到這種鳥事？有的人當護士當了一輩子也沒遇過，她的八字不重不輕，照理說不應該碰上這種麻煩事，而且還是這麼棘手的類型。

如果是阿公，他會怎麼做？依芳開始思索著，但是……怎麼可能想出辦法？她阿公的功力，她連萬分之一都不到。

「依芳，我們今天還要上班，妳說……周火旺是不是還在那裡？」綠豆一想到今天晚上可能還要和那隻惡鬼共處，當然是一陣恐慌，她不希望上班又遇到鬼遮眼，她遲早會因為這樣被送進精神病房。

依芳頓時不知道該怎麼回答這個問題，她怎能老實地跟綠豆說，其實單位裡的鬼，已經多到可以開趴狂歡了，主辦人還是周火旺，怎麼可能會不在？現在單位是周火旺的大本營，他還能去哪？

綠豆見依芳不說話，心中也明白了七八分。

在談話過程中，兩人已經回到了宿舍，而依芳仍舊是若有所思的模樣，顯然還在苦思怎麼跟綠豆說明情況。

兩人在房裡各自低頭沉思，但是不一會兒，依芳卻直接躺在自己的床上，為自己蓋上棉被，甚至完全不理會綠豆的閉上眼。

綠豆驚慌地看著依芳以相當端正的姿勢躺在床上，一臉安祥的模樣，心想她現在是在用哪一招？躺著閉上眼就可以驅鬼嗎？

「依芳，妳……現在在做什麼？」綠豆怯生生地跪在床前，小聲問道，就怕不小心打斷了驅鬼儀式。

依芳猛然睜開眼，轉頭看著臉色蒼白的綠豆，「學姐，我還沒死，妳跪我做什麼？妳看到我躺在這裡，難道以為我要吃飯嗎？當然是要睡覺囉！」依芳沒好氣地翻了身，不理綠豆了。

她是睡眠至上的人，她可以不吃不喝一整天，就是沒辦法不睡飽，精神不濟的狀況下，她什麼辦法都想不出來。

綠豆氣得一把抓起依芳，在她耳邊吼著，「都什麼時候了，妳還有心情睡覺？妳知不知道現在單位裡死了多少病人？」

依芳不耐煩地拉開綠豆，無奈地回答：「我當然知道，但是這種事又不是我可以解決的，現在我連神明都請不動，光靠身上的護身符頂多自保，妳說我能做什麼？醫院覺得不對勁，自然會請法師來處理，我說過，這些事讓專業的人去解決，不然我們只是去送死！」

聽了依芳這麼說，綠豆覺得也有道理，這種超自然現象，還是少碰為妙……但她就是擔心病人的安危，實在沒辦法放任不管！

「那病人怎麼辦？」

「我不是請阿長關病房了嗎？」依芳的神情還是一臉無奈，「只要把病人移開，再請法師做場法事不就得了？」

正當兩人僵持不下的時刻，綠豆的手機鈴聲突然響了起來，綠豆粗魯地接起電話，來電者正好是阿長。

「綠豆，妳和依芳在搞什麼鬼？為什麼沒來上班？」話筒的另一端，傳來阿長火冒三丈的怒吼。

綠豆二丈金剛摸不著頭腦，以為自己聽錯了，看手表上的時間，不過下午六點，離她上班還有五個多小時啊！

「阿長，現在才六點，我們上什麼班？現在是小夜的時間，我和依芳都上大夜班欸！」

「我說的是昨天大夜，妳們兩個突然失蹤，電話都打不通，我們差點報警了！妳們到底跑到哪裡去了？」阿長的聲音跟周火旺的笑聲是同等級的可怕，嚇得綠豆差點連手機都拿不住，不過她倒是清楚地聽見了阿長的話。

「昨天？昨天我們有上班啊，妳聽誰說……」綠豆這時突然瞧著自己手表上的日期，頓時說不出話來。

等等，今天不是十五號嗎？為什麼手表上的日期是十六號？

這時阿長還沒發現綠豆的異狀，又開始劈里啪啦一長串的開罵，但是綠豆還沒回過神的當下，阿長突然神祕地壓低嗓音，「知道你們沒事就好，今天我們已經關了病房，也偷偷請人過來看看……沒想到，道士才一走近單位，他的褲管就莫名其妙地著火了！現在……沒人敢進去單位了，今天妳們就暫時休息吧！」

綠豆在完全恍神的狀態下把電話掛了，依芳一見她的神情不對，連忙詢問怎麼回事。

綠豆高舉著手上的手表，刷白了臉，「我們在不知不覺中，過了一整天！」

第五章　甲醇事件（五）

過了一整天？依芳震驚地拿起手機，的確是十六號，沒道理手表和手機同時故障啊！

「我們跟那隻惡鬼相處了一整天？」綠豆幾乎又呈現當初被勒住脖子的慘白臉色，她們是和周火旺對峙了一段時間，但絕不可能花上一整天啊。

這下子連總是想撇清關係的依芳也惱怒起來，「周火旺拖住我們，擺明就是不希望我們繼續到單位去，好讓他可以繼續作怪！」

以往她總是和鬼魂保持距離，秉持著井水不犯河水的戒條，何況她有神明加持，一般鬼怪也不敢靠近。

周火旺竟然直接挑釁她，在太歲頭上動土?!

這時綠豆也提到阿長說有找法師來看的事情，對方根本道行不夠，才剛踏進單位大門，就被放火燒褲管了。

可見，醫院根本沒能力解決這種事！

「對了，周火旺雖然是一隻惡鬼，但是怎麼說也是剛死不久的鬼，沒道理鬼差會放任他在這裡作怪，他是怎麼躲過牛頭馬面的？人一死，鬼差會讓往生的魂回家看看親人，頭七一過，就必須立刻回陰間報到，如果沒有回去，應該就會被鬼差追捕……」

依芳一個人喃喃自語著，當初她跟阿公相處的時間並不多，大部分都是聽老一輩口中的傳說，也不知道是真是假。

「依芳，妳一個人碎念什麼？」綠豆正拿著鏡子，看著脖子上隱隱現出的勒痕，「妳到底想到辦法了沒？」

雖然綠豆跟外婆的感情很好，她也不希望這麼早就和在蘇州的外婆共享天倫之樂啊！

依芳頓時有一個想法，卻不知道可不可行！

「學姐，這個辦法有點冒險，也實在不應該有這樣的念頭，不過……咱們被逼急了也沒辦法，只好冒險試一試！」依芳有種欲言又止的感覺，好像這個辦法是一種禁忌，閒人勿近！

綠豆馬上放下手中的鏡子，嚷著：「這時候什麼辦法都要拿出來試一試，管他冒不冒險！」

「人家都說亡魂除了怕神明外，最怕的就是鬼差，如果我現在沒辦法請神明下來，那麼……就只剩鬼差可以幫忙了！」

「鬼差？」綠豆頓時一愣，光是聽這名詞就讓人覺得不寒而慄，「請鬼差下來不會有問題嗎？」

感覺起來，鬼差好像也挺可怕的，起碼身上不會和神明一樣全身散發著神聖莊嚴的氣息，和感覺耀眼的金光，光是想到電影裡面演的牛頭馬面總是凶神惡煞，心底就是感覺不踏實。

「鬼差也是神職的一種，別把它當成鬼！」依芳試著解釋，「我們應該可以請鬼差幫幫忙！」

「那妳趕快請鬼差大哥下來幫幫忙，我們已經快被周火旺搞死了！」

「現在的我，神鬼都不能靠近，所以我沒辦法請鬼差幫忙，不過……」依芳陰陰的看了綠豆一眼，「妳可以！」

綠豆一聽，頓時從椅子上跳了起來。

竟然要她請鬼差？就算鬼差是神職，聽起來也亂可怕一把的，弄不好連自己的魂魄都賠上了怎麼辦？何況她有什麼本事可以叫的動鬼差？

「別開玩笑了！我怎麼可能辦得到！我又沒陰陽眼，看得到的人是妳，照理說應該是妳去找才對啊。」綠豆一臉不可置信，就算周火旺不在，她也覺得一陣陣的涼意凍得她渾身酥軟，一點力氣也沒有。

「這個妳就不知道了，我雖然有陰陽眼，但我從來沒跟他們說過一句話，何況我的磁場接近神明，那些不乾淨的東西不敢輕易接近我。可是妳不一樣，我說過妳的磁場很特別，應該可以和鬼差談談！」

說到這裡，依芳頓時覺得這個方法或許行的通，忍不住一臉的興奮，「妳不是想解決周火旺嗎？現在我給妳一個大好機會！」

依芳帶著綠豆一路往地下室走去，不用依芳這新來的菜鳥明說，綠豆當然知道她想去哪裡。這裡可不是普通人能靠近的，正確來說，根本沒有人想靠近。放置一整排屍體的太平間，誰會想靠近？

「依芳，一定要來這裡嗎？」綠豆看著昏暗的燈光，腳邊影子看起來都特別陰森，周遭氣溫好像降到冰點似地讓人發顫，若不是她有著強大的意志力，不然她覺得自己快尿失禁了！

依芳腳步不停地快速前進，嘴裡也相當不客氣地嚷著：「不然妳想到哪裡找鬼差？難不成妳還想約他們到人多的咖啡廳喝杯果汁嗎？醫院最多亡魂的地方除了這裡，還有別的地方嗎？」

哇靠，依芳這傢伙一點都不敬老尊賢，雖然兩人沒差幾歲，但怎麼說她也算是學姐，竟然一點面子都不給她！綠豆在嘴裡無聲地咕噥著。

這時兩人站在太平間門口，依芳鬼鬼祟祟地張望著，這時綠豆連呼吸都不敢太大聲，四周寂靜而帶著一抹肅殺之氣，從門口看去，只看到一排排躺在床上又蓋著白布的屍體。在這樣詭異的氛圍之下，總覺得那些屍體會突然一躍而起，變成殭屍！

地下室的陰冷，讓人渾身覺得不舒服，突然聽到太平間裡傳來「滴答——滴答——」的水滴聲，這水滴聲，很慢，很緩，卻弔詭地像是快勾走魂魄般讓人莫名恐懼。

停屍間的地面上，突然出現許多凌亂的腳印，但是一陣陣的陰風突然掃過，吹起了灰塵，也刺痛了綠豆的眼，但是她卻清楚的感覺到有人在旁邊經過，但是卻什麼也看不見。

「依……依……依……」綠豆已經察覺不對勁，緊張到連依芳的名字都喊不出來了。

「依什麼？一休和尚啊？」依芳還有心情開玩笑，至少她知道等一下遇到的是鬼差，心情沒那麼惶恐！

見對方這麼鎮靜，多少也安定了綠豆惴惴不安的心，但是心底的疑問還是免不了。

「等一下鬼差來了，我也看不見，怎麼請他們幫忙啊？」綠豆縮在依芳的背後，心想自己能不出面是最好的，她實在怕死了這些神阿怪的，當初一直叫囂著要依芳解決周火旺，現在可好了，這個重擔一旦落到自己肩上，她想落跑的欲望比誰都強烈，只是現在腿軟跑不了。

綠豆看著腳印越來越多，也越來越凌亂，心情也越發沉重，一想到電影裡的鬼差不是黑白無常，就是牛頭馬面，每一個都長得恐怖至極，能不看見最好，一看見只怕還沒正面和周火旺交戰，就先活活被嚇破膽了！

但是，看不見怎麼溝通？這下子綠豆可頭大了！

「妳的磁場和別人不一樣，只是妳還沒開翹，等一下我叫妳站在門口，燒掉這些紙錢，妳大喊『鬼差大哥請留步！』，記得不論妳看到什麼都要鎮定！」

神鬼一般都會不讓凡人瞧見，但是綠豆和一般人不同，她有這樣的機緣，或許她可以看得到！

何況俗話說有錢能使鬼推磨，若是給了一些錢，聽說鬼差會停一停腳步，只是不知道行不行得通。

綠豆一臉納悶地看著依芳，舉起她塞自己手中的黃澄澄的紙錢，壓低嗓音問道：「妳哪來的紙錢？」

剛才一路走到地下室，又沒時間走出醫院部門購物，她哪來的空檔買紙錢？一想到疑惑處，綠豆不禁對依芳產生相當崇高的敬意，沒想到她可憑空在食指上冒出火焰外，還可以憑空變出紙錢，她不去當魔術師，實在有點可惜。

依芳一見綠豆的眼神，馬上就知道她心裡在想什麼，說實在的，世界上還真沒幾個人像綠豆一樣這麼好懂。

這時，依芳用力的伸手指著停屍間前方，昏暗的光線下看的出有個小桌子，上面疊了一堆像座小山的紙錢。

「那邊多的是，我先拿一些借用，上面甚至還有打火機，妳不用這麼欽佩我！」

依芳覺得綠豆已經開始把自己神格化了，這也是她最不樂見的！

突然，厚厚的灰塵上所憑空出現的腳印，已然正朝向停屍間的大門，依芳頓時把綠豆推上前，嚷著：「快燒紙錢，快點叫住鬼差！」

這時，綠豆的手不斷地發顫，想也不想便跪在地上，拚命地想要點燃手中的打火機，偏偏無能為力，只出現了零碎的火花。她的心越急，手就越不爭氣，一見她抖得連骨頭都快散了，依芳頓時心中暗驚不好，眼看腳印已經快要走出停屍間的大門了！

正當依芳準備衝過去時，綠豆手中的打火機總算恢復功用，終於成功的點燃紙錢。

「快喊！」依芳在不遠處提醒著，她不能靠太近，一來她在生理期間，神明不能近身，二來身上有護身符，鬼怪亦不能靠近，所以她若是出現，反而壞了大事。

「鬼～鬼～差～大～大～哥請留步！」綠豆的叫聲帶著顫抖，依芳倒覺得聽起來比鬼更像鬼。

倏地，灰塵上的腳印，突然停止了，甚至轉向綠豆的方向走來。綠豆霎時不自覺的停止呼吸，以為這樣鬼差就不會太靠近，最好當最沒看見的調頭走開。

怎知道，這時突然傳來像是透過麥克風傳來有巨大回音的陰森嗓音，「妳找我們？」聲音在偌大的地下室裡迴盪，就連玻璃窗也乒乓作響。

這時，綠豆抬頭一看，不看還好，這一看才發現眼前站了兩個人，不……不是！是站了兩個鬼差，身後還帶著一個看起來半透明的老人。

這兩個鬼差，一高一矮，一個皮膚異常慘白，一個卻異常臘黃，綠豆差點職業病發作，想請臉色臘黃的鬼差大哥最好做一下肝指數的詳細檢查，不過隨後又驚覺現在不是胡思亂想的時候。

高個子又皮膚慘白的鬼差，臉型的長度是一般人的兩倍，臉上是塌鼻子又有著一般人少見的大嘴，綠豆懷疑他開口笑不知道會不會連耳朵都被嘴巴覆蓋而看不見，他的眼睛……正確地說，綠豆不知道他有沒有眼睛，因為只看到兩條細縫黏在他臉上，完全看不到瞳孔。

另一位矮個子又臘黃的鬼差，卻有著牛鼻子，和只有一元硬幣大小的嘴巴，他的眼睛比高個子稍微明顯一點，臉真不是普通的空曠，綠豆甚至連他的耳朵都找不到，就連脖子也看不見，感覺他的頭直接連在肩膀上。

這是鬼差？簡直比鬼還可怕！綠豆苦著一張臉，在心底哀號著！

「妳看得見我們？」高個子的鬼差冷冷地問著。

綠豆害怕的說不出話來，只能猛點頭，心裡卻想著，之前是看不到，現在看到了，卻真的打從心底不想看！

「找我們做什麼？凡人和鬼差一向是井水不犯河水，有什麼話，等妳成了亡魂之後再跟我們說！」矮個子的鬼差隨即準備轉頭走。

這時綠豆不得不鼓起勇氣，急忙的喊著：「鬼差大哥，現在醫院裡有一隻惡鬼周火旺正在做怪，害死不少人，鬼是歸你們管，所以想請你們幫幫忙，把他抓回去吧！」

這時，高個子的鬼差卻發出相當尖銳難聽的笑聲，「我們只是鬼差，只負責領亡魂到陰間報到，頭七以前的新鬼、逞凶的惡鬼都不歸我們管，周火旺正好符合這兩樣，妳應該找城隍爺才是！」

「有沒有搞錯？這樣危害人間還不管？」綠豆不知哪來的氣焰，突然站了起來，心想這些鬼差怎麼一樣官僚？拿了錢隨便找個藉口就想走人？「你們不是負責緝拿逃離陰間的亡魂嗎？怎麼說也多少像是我們這裡的警察，好歹也應該有一些正義感，如果我能找城隍爺，我幹嘛找你們？」

誰叫她的磁場接近不了神明！

綠豆這一嚷嚷，矮個子的鬼差頓了一下，轉頭對著高個子說：「周火旺頭七未過，怨氣又重，我們的確是拿他沒辦法，但是大哥不一樣，大哥一向痛恨惡鬼作亂，或許他願意幫忙！」

「大哥？你們……還有大哥？」綠豆的臉色開始發青，心想小弟都長成這付模樣，大哥豈不是恐怖至極？這兩鬼差的出現已經讓她差點嚇破膽，他們大哥一出現，她豈不是要魂飛魄散？

「我們大哥雖然隸屬鬼差，職位卻比我們高，講了妳也不明白，他等於是凡間……呃……算是警察單位的組長階級吧！」高個子算是相當客氣地回答。

「你們也有組長喔？」綠豆一臉不可思議，畢竟陰間和陽間不一樣，看兩個鬼差的穿著，暗灰色像布袋的粗布套在身上似的，腳下還是早已經過時的燈籠庫，看來看去跟古代的衙役沒啥兩樣，只是樣式比較接近民初！

矮個子當然看的出綠豆異常好懂的神情，立即大聲地反駁著：「當然，我們也是有組織、有規劃的！」

既然有組織，為什麼不多申請一名整形醫師，幫忙整理一下門面？綠豆在心底暗忖，但是這一回卻不敢說出口，就怕鬼差一氣之下就帶她走過奈何橋。

高個子突然推了矮個子一把，「時辰快過了，我們要趕快回去覆命了！」

矮個子點點頭，對著綠豆交代著：「我們回去覆命，大哥等一下就會過來，妳在這裡等等！」

兩個鬼差一說完，迅速地從大門無端的消失了！

依芳在一旁看的一清二楚，開心的朝著綠豆豎起大拇指。但是綠豆卻又是一陣害怕，他們的大哥等一會兒要出現，祈禱祂千萬別用太炫的方式出場，她怕自己小小而脆弱的心臟承受不了太大的負荷。

鬼差才消失沒多久，大門的方向突然出現一股詭異的白霧，還未看到影子，就傳出低沉的嗓音，「我的兄弟說，有凡人找我？」

來了！來了！綠豆頻頻深呼吸，一再的告訴自己，不管看到多醜的臉，都要保持鎮定，絕對不能放聲尖叫……

當她睜大眼睛，看清眼前的鬼差大哥，她的心臟差點停止跳動，只能睜著大眼睛定格不動。

我的媽呀！綠豆在心底大叫著。

她這輩子，第一次看到這麼俊帥的男人！

第六章 甲醇事件（六）

這時的情況出現大逆轉！

眼前鬼差實在嚇人，不過是俊美到嚇人！

綠豆頓時態度一百八十度大轉變，開始慶幸自己的眼睛能看見如此美好的事物，完全不計較眼前的人就是方才怎樣也不想看見的鬼差。

眼前的鬼差，看起來也才不過二十五、六歲，不但有著模特兒一般高䠷健壯的身材，身上衣著和方才的鬼差也大不相同。相當現代化的絲質襯衫和西裝褲，看起來相當貴氣，也很時尚，簡單的搭配襯托出他的好身材。

至於臉蛋更不用說了，五官深邃不說，尖挺的鼻梁和英挺的劍眉相得益彰，一雙眼睛炯炯有神，帶著俠客一般的凜然之氣，大小適中的唇瓣更是讓綠豆超想靠上前啵一下！

重點是他嘴裡叼著菸的模樣，簡直可以迷倒眾生，綠豆一向不喜歡抽菸，甚至相當厭惡，但是眼前的男人卻怎麼看都順眼，看起來玩世不恭又帶著桀驁不馴的調調，可是涉世未深的無知少女最喜歡的類型。

顯然綠豆屬於無知那一群，但她已經不是少女了！

這麼帥的男人去當鬼差，會不會太可惜了一點?綠豆在心裡讚嘆著。

綠豆看著他，看得如癡如醉，差點忘記自己的任務，只能望著如此俊俏的鬼差，傻傻微笑！

現在她如此忘我，實在也不能怪她，誰叫她是外貌協會的會長。

依芳在後面急得汗如雨下，偏偏又不能上前呼綠豆一巴掌好讓她清醒一點，情急之下，只好脫下腳下的鞋子，狠狠往綠豆的後腦勺丟去，怎麼說她平時也是打蟑螂的好手，這麼一點距離根本是小意思。

但是，依芳忘記控制自己的力道，拿出平時打蟑螂的殺氣和與蟑螂不共戴天的氣勢，鞋子一丟出手，只聽見「啪」一聲，綠豆的腦袋朝下的踉蹌好幾步，差點就趴在鬼差的面前。

正當她慶幸穩住腳步時，突然踩到放在地上的打火機，腳這麼一滑，頓時四腳朝天不說，登時撞到放滿紙錢的小桌子，不但又換了姿勢摔了一跤，甚至還相當盡興地滾了兩圈，紙錢也因為撞擊而灑在半空中滿天飛，簡直活像馬戲團的精采表演！

綠豆從地上爬起來的第一件事，就是朝著依芳投射殺人目光，恨依芳為什麼讓她這樣的氣質美女在帥哥面前打滾，這要不就一點遐想空間都沒有了嗎！

鬼差看著綠豆相當出人意表的出場方式，顯然是她絢麗的出場嚇到他，他差點連叼在嘴裡的菸都掉了！

不過，他很快便恢復鎮靜，以相當公式化的聲音，平板道：「妳看起來不像是修道之人，應該是有人教妳怎麼找鬼差的吧？」

鬼差看著丟出鞋子的方向，依芳怯怯地從柱子後面探出頭，尷尬地苦笑著。

鬼差看了依芳一眼，狠狠吸了一大口菸，心底相當感謝亡魂尚在人世的家屬如此熱情的貢獻，嘴裡卻淡淡道：「依芳，原來是妳。」

這時綠豆吃驚地睜大眼，心想這鬼差叫的可是依芳的名字，難道他們早就認識？如果真是這樣，幹嘛派她出來找鬼差？

但依芳的震驚絕對不亞於綠豆，她從不跟鬼神打交道，頂多請神明護身，卻從未有任何交集，眼前的鬼差怎麼叫得出她的名字？她確定沒見過他，尤其這麼顯眼的外表，她絕對不可能會忘記。

鬼差似乎看透了她心底所想，依舊是雲淡風清的嗓音，飄飄忽忽的傳來，「妳或許不認識我，不過我和妳爺爺有一點交情，我認得妳！」

喔耶！還是天師阿公可靠，就算往生了還是一樣靠的住！綠豆在心中歡呼，有了這一層關係，也比較好拜託對方幫忙吧！

「你認識我阿公？」依芳一聽見有阿公的消息，語氣顯得興奮，「他在那邊好嗎？為什麼我都看不到他？」

鬼差帥氣地踩熄菸蒂，隨即優雅地憑空在食指與中指之間冒出一根尚未點燃的菸，何其自然地又叼在唇邊，緩緩道：「他正在閉關修行，何況妳爺爺和妳的塵緣已了，別再找他了。不過，妳今天找我來，應該不是為了妳爺爺吧？」

「不，我們是希望你能幫我們制服周火旺，他在醫院裡面已經害死了好幾個病人，再這樣下去會有更多人枉死！」

綠豆在這時候找回自己的舌頭，但是心底卻暗想，要是所有的鬼差都長這副模樣，等她哪天一命嗚呼的時候，跟著他也心甘情願！

「周火旺，那個假酒中毒的傢伙！」鬼差想也不想地回答，身為鬼差也是有著一定的專業，在自己的管轄範圍之內，不論什麼芝麻綠豆般的小事，都必須瞭若指掌，了然於心。

依芳連忙出聲：「他的怨氣很重，我頂多自保，實在幫不了其他人。他甚至還對我和學姐動手，若不是有我阿公的護身符，我早就出事了！」

鬼差緊皺著眉，似乎在思索著什麼事，登時現場又是一片寂靜，有著說不出的沉重。

久久，鬼差才緩緩開口：「周火旺的怨氣會這麼重，是因為他陽壽未盡，他喝到假酒並不是意外，而是有人刻意安排！周火旺應該是不想進入枉死城，所以才會據地為王，想吸取更多陰魂，好壯大自己的氣勢。

「現在他頭七未過，算是不成氣候的惡鬼，我們鬼差無可奈何，畢竟陰間也有律法，這段時間的新魂的確不可拘捕，一但在這七天之內吸收大量的陰魂，成了惡鬼，這……可就棘手了！」

惡鬼的能力不是一般鬼差所能應付，大多交給城隍爺或是鍾馗前來收伏，但顯然眼前的兩個小護士還沒有能力跟神明溝通，尤其現在時間緊迫，必須趕在周火旺頭七之前解決這件事，否則等他真的成了實力堅強的惡鬼，只怕鬼差也無力干涉。

「周火旺這麼凶惡，難怪有人要毒死他！不過現在我們應該怎麼辦才好？難道眼睜睜地看著他危害人間？」綠豆一想到病人，忍不住緊張起來。

這時依芳也想不出辦法，喃喃道：「難道沒有什麼辦法可以制服他嗎？」

「辦法不是沒有，只是怕你們不敢！」鬼差冷冷地說著，臉上有著難以捉摸的神情。

被這麼一說，綠豆忍不住一抖，要她在太平間的門口燒紙錢、找鬼差已經夠恐怖了，她實在無力做出更瘋狂的行為了！

「你有什麼好辦法？」依芳倒是出奇得鎮定，也有著莫名的大膽，不愧是她阿公的孫女，遇到這種事還能臨危不亂。

怎知鬼差卻略為邪惡的輕輕笑了起來，緊盯著綠豆和依芳，輕輕說著：「在我說出這方法之前，我們先君子後小人。要我出馬，收費可不便宜！」

言下之意，他可是要收錢的。

若不是看在他不是人而是鬼差，又長得很帥，綠豆實在很想開罵，心想果真是小鬼難纏……雖然鬼差也算神職。

綠豆忍著不出聲，依芳卻率先震驚地叫出聲：「你不是維持陰陽平衡的鬼差嗎？怎麼說也該要有點正義感吧？現在談錢傷感情啊！」

她上班不到一個月就遇到這種倒楣事，薪水都還沒領，哪來的現金買紙錢？還沒聽過哪一家的紙錢可以刷卡購買的！

「正義感當然有，只是我的正義感不便宜！」沒想到鬼差不但不生氣，甚至呵呵地笑了起來。

說實話，那位鬼差笑起來簡直是帥到一個極致，綠豆差點因為他的笑容而把自己的魂魄全數奉獻了。

不過一提到錢，綠豆多少還有殘存的理智，「怎麼說你跟她的阿公也算有交情，別說其他人，今天依芳有難，她阿公心裡一定不好過，她阿公難過，你又怎可能會高興？你就好心幫幫忙，大家交個朋友，就算作好事行不行！」

平時綠豆可是五分埔殺手級的消費者，很多店家一看到她都想轉身當作沒看見，她這身功力可不是浪得虛名的！

「行！」這一回，鬼差倒是顯得十分豪爽，「友情價，幫妳們打八折！」

打八折？眼前這帥的不像人的鬼差，一臉愜意，好像這交易成不成功都無所謂。

綠豆不曾和非人類殺過價，一時之間也不敢太超過，更不敢甩頭就走，何況鬼差要的不就是紙錢而已？能要多少？

「打八折到底是多少阿？」綠豆開口問。

鬼差冷不防的揚起滿意的微笑，伸出自己的五根手指，輕輕的說：「五千萬銀紙！」

「五千萬？」依芳大聲地喊了出來，五千萬的銀紙換成新臺幣也不少錢，這傢伙分明是趁火打劫，虧他長得人模人樣，竟然獅子太開口！

綠豆也傻眼了，開始在心底盤算著，五千萬銀紙到底要花多少錢？只怕她加上自己的腳指頭也不夠數，聽到這數目，真的有夠嚇人，一時之間真不知道該不該答應。

鬼差斜看了她們一眼，緩緩從口中吐出瀰漫的煙霧，從他的眼睛，只有戲謔和若隱若現的淺笑，他不急著催促，卻也沒有其他表示，只是這樣無聲地和兩人對看。

綠豆和依芳被盯得直發毛，但是現在不能沒有他的幫忙，唯一的希望就站在眼前，怎能輕易地讓機會溜走？

鬼差嘿嘿地笑出聲，望著依芳笑道：「既然我已經報了價碼，再跟妳們說說這個辦法，妳們想清楚後再決定也不遲！」

他從懷中拿出一枝毛筆，上面沾滿了硃砂，他隨手一指，毛筆竟然像是有人托住一般地飄浮著，直到落在依芳的手中。

「這枝是硃砂筆，上面的硃砂可以避邪，妳曾經學過一些符咒，畫上幾張符來鎮壓鬼怪，對妳來說應該是小事。妳的任務就是負責想辦法讓周火旺在頭七前都無法再吸取任何陰魂，最好能困在一個地方，讓他出不來作怪！」

依芳沒想到這個對她言相當陌生的鬼差竟然知道她曾經學過一些符咒，但是當初她也只是出自好奇，學著好玩，現在這種要命的時刻哪能派的上用場？只要一個不小心，她不是命喪就是發瘋！

鬼差繼續說：「要困住周火旺，必須深入他目前寄居的地方，在該地的四面牆畫上鎮煞咒，尤其是大門。不過前提是在那個空間裡，絕不能有任何生靈的存在，否則他會想盡辦法取其性命，好吸取魂魄！」

被困在某一個空間的周火旺，就像是被困在籠中失控的野獸，會想盡辦法滿足自己的需求，也有著最原始的攻擊本能，因此絕不能有任何生靈的存在，否則只怕小命不保。

鬼差相當簡潔有力地說完了，語氣像是討論天氣一樣平常，好像整件事跟吃飯一樣簡單。

但是，早就繃緊神經的綠豆卻一臉慘白，指著自己，又指著依芳，一臉驚恐，喃喃地嚷著：「現在單位早就關了，根本一個人影都沒有，但是……現在要我們進去畫符咒困住周火旺，那……我們不就成了裡面唯一的生靈？」

「是啊。」鬼差若無其事的繼續抽菸，一點也不在乎他們兩人的死活，「所以妳們進去就自求多福，這點小事，我無能為力！」

什麼自求多福？這種話也說的出口？怎麼說她們也是弱女子，身為一個男人，還是具有神職身分的男人，怎麼可以置之不理？

聽到這裡，依芳也察覺不對勁，總覺得哪裡怪怪的。

「你說的我都聽懂了，不過我有個問題想請教一下。」依芳努力壓抑著心中怒火，但是顫抖的語氣卻一點也掩飾不了，「感覺起來是我們在賣命，而你……你能做些什麼？」

「喔！」鬼差好像突然想起來似的恍然大悟，「就是妳們困住周火旺直到他頭七那一天，我自然就會來帶走他了！」

「就這樣？」綠豆和依芳幾乎歇斯底里、不約而同地大叫出聲！

鬼差故作無辜地眨著他明亮有神的大眼，心中卻暗忖女人變臉真的比變天還快，先前兩人看著他的表情是又愛又敬，滿臉欣喜毫不隱藏，現在一講到錢，兩人立即朝他叫囂！

唉，世風日下，人情比紙薄，尤其那張紙是鈔票的話。

「就這樣啊！不然還要我怎樣？跟周火旺大戰三百回合？萬一我的臉受傷了怎麼辦？」鬼差指著自己俊俏的臉蛋，揚起壞壞的笑容，「陰間又沒有保險制度，萬一我的臉受傷，妳們賠得起嗎？」

依芳忙著順順自己心底的那口氣，反觀綠豆竟然認同似地點點頭，依芳差點把那口怨氣出在綠豆身上。

「亡魂頭七那天，鬼差本來就該前來當領路人，你這樣算什麼幫忙？」依芳不客氣地朗聲說。

面對周火旺已經讓她相當頭痛，現在又多了一個死要錢的鬼差，她快應付不了啦！如果她的阿公還在，該有多好！

「這可不一樣，周火旺已經不是普通的亡魂，我的手下沒辦法領他回陰間報到，但是我就不一樣了，只要妳們能夠暫時困住他，避免讓他成為完全的惡鬼，我就還有能力抓他回枉死城，這筆交易很划算吧？我大可不插手管這件事，妳們可以多花一點時間去找城隍爺！」

現在哪有時間在去找其他的救兵？他分明就是半威脅！相信他也知道事情迫在

眉睫，才能如此有自信地喊價。

依芳和綠豆面面相覷，頓時也沒了主意，若是現在不趕快作決定，只怕有了這個村，卻沒了這個店，到時叫天天不應、叫地地不靈，萬一醫院倒了，他們的工作也沒著落了，說起來一點便宜也占不到。

「可是，我學的符咒一點都不成氣候，我怕壓制不了周火旺！」就算答應鬼差的條件，依芳還是覺得不踏實，再怎麼說，她也沒有實戰經驗。

怎知那鬼差卻定定地看著她，以相當自信的口吻說：「妳是林大權的孫女，妳一定可以，我也知道妳可以！」

不知為什麼，依芳總覺得這個眼神好熟悉，但始終想不起來，不過最令她納悶的是——他到底是哪來的自信？連她都不相信自己了！

依芳和綠豆猶豫了好一會兒，甚至交頭接耳了一陣子，才見依芳扭著自己的雙手，一臉難為情，久久之後，突然支支吾吾地問著：「那……那個五千萬……分期付款行不行？」

怪談病院
第七章　甲醇事件（七）

依芳和綠豆照著鬼差的指示，已經在單位門外守候，只是綠豆一直不解，為什麼依芳一直看著手表，卻遲遲不肯進去？難不成她在害怕？

「依芳，我們到底在等什麼？已經等一個多小時了！」綠豆本來還覺得很害怕，現在滿腦子都被等待的不耐煩給占據了！

依芳看著時間已經快到晚上十一點，似乎也緊張地頻頻吞口水，「畫符咒也要看時辰的，尤其是我們要進去裡面，當然要找靈氣最強的子時進去！不然我怕萬一失手，誰也別想出來了！」

聽到這裡，綠豆又開始慌張了，不曉得保險的理賠項目有沒有嚇死這一項？她真的很不願意進去送死，但當初是她起的頭，說什麼也不能完全丟給依芳一個人，只是……她真的超想打退堂鼓。

「依芳，我們不能像電影一樣，在牆上貼著畫好的符咒就好了嗎？為什麼一定要待在裡面畫？這段時間足夠讓周火旺宰了好幾個人了！」

「因為貼著的符咒有可能因為外力而掉落，直接畫上的才不會出差錯，何況鬼差不也這麼交代？」依芳直盯著手表，在這樣帶著濕冷的天氣裡，她竟冒出了斗大的汗珠。

當秒針指向十二，依芳屏著氣，壓低聲音對著綠豆說：「時辰已經到了，我們該進去了，記得不論發生什麼事，都要……鎮……定……」

說到最後，連依芳都忍不住發抖了，更別說是完全沒有任何超自然經驗的綠豆。

她看著依芳，總有一種羊入虎口的錯覺，一想到周火旺，她手腳都發涼了。

兩人悄悄地刷開單位的感應大門，綠豆一個箭步地衝出去，想打開電燈，心想只要有光線，至少不會那麼可怕。

但是綠豆反覆的按壓開關，怎知道天花板上的日光燈卻一點反應也沒有，綠豆頓時覺得呼吸困難，這次已經不是壓低嗓音而已，而是用氣音道：「電燈沒一盞打得開，妳說怎麼辦？」

這下好了，單位原本就是密閉空間，加上又是午夜，沒有燈光，就算依芳可以憑感覺畫出符咒，她也找不到四面牆的正確位置。若是摸黑進行，只怕會延宕不少時間，而這些時間足以讓周火旺和周遭好兄弟演出經典驚悚長片，活活將她們嚇死！

「妳有沒有帶手機？」依芳連忙問，或許手機微弱的燈光會有一些作用。

綠豆點點頭，手忙腳亂地從口袋裡拿出手機，依芳走在前面，綠豆拿著手機從後面照，兩個人躡手躡腳地開始行動。

綠豆在這裡工作了三年，從來都不像現在一樣感覺單位竟然是這麼可怕，此時安靜得連彼此的呼吸聲都聽的到，在視線有限的狀態下，目前除了眼前兩公尺以內還能看到模糊的景象外，什麼也看不到。

綠豆實在受不了這樣的陰森的氣氛，改不了聒噪的性子，忍不住問：「妳說周火旺幹嘛不去找害他的人報仇？再怎麼說，以他這種小心眼又顧人怨的個性，怎麼可能不記仇？」

「周火旺是喝假酒中毒死亡，這也就是說他很有可能是個酒鬼，怎麼可能搞得清楚是誰要謀殺他？搞不好他到現在還搞不清楚自己怎麼死的！不過，現在不是煩惱這個的時候，應該先煩惱我們會不會被他害死吧？」

依芳每次在壓力大時，就是這麼要命的直接，現在舉步維艱，她實在對於誰是殺害周火旺的凶手一點也不感興趣，她只想趕快完成任務，然後趕快逃離這個鬼地方，完全沒有閒聊的興致。

綠豆嘴裡含糊地咕噥一聲，心裡不大高興，心想若是不能出聲說話壯膽，那她只好唱首歌來壯壯聲勢，不然她快被周遭氣氛悶得喘不過氣了。

這時，依芳已經看到前方出現一面牆，立即從自己的包包裡面拿出硃砂筆，迅速在牆上畫下綠豆看不懂的符令。

或許是依芳的天分使然，畫符過程非常順利，更驚人的是，手中的硃砂筆，正源源不絕地冒出硃砂，絲毫沒有斷墨的跡象，起碼鬼差果真給了一樣貨真價實的好東西，這五千萬銀紙也不算白花了！

正當依芳屏氣凝神地畫著符咒，她突然察覺身後的手機燈光以相當不穩定的狀態抖動著，同時傳來綠豆緊張的聲音。

「依……依……芳！」綠豆看著牆面，牙齒又開始不爭氣地打顫，都快拿不住手機了。

她另一手指著眼前的牆，發現上方竟浮現一顆血淋淋的骷髏人頭，正以低頭看著他們的姿勢卡在牆上。骷髏人頭上沾滿了紅色黏稠的液體，正不斷地滑下牆面，頓時間兩人聞到相當濃濁的血腥味，原本略為發黃的牆面，形成一道道紅色血流。

這時依芳也慌了手腳，她一再告訴自己要鎮定，但是有哪個平常人看到這種景象還能氣定神閒？她沒有嚇到精神失常已經是佛祖保佑了！

「別看他，快點畫！快點！」綠豆也很恐慌，不過見到依芳畫符的進度開始慢了下來，只好拚命大喊。

這時依芳想起自己身上有護身符，其實不需要害怕，她一手緊握著掛在脖子上的護身符，繼續戰戰兢兢地畫著符咒。

骷髏頭一見兩人沒有退開的意思，突然從嘴裡散發一股惡臭，嘶吼著：「天堂有路妳不走，地獄無門闖進來？」

說完，牆面上又出現了兩隻骷髏手臂，正胡亂揮動著。眼看他正要一把抓住依芳的同時，依芳正好完成符咒，牆面上的符咒竟浮現隱約的金光，頓時聽到骷髏的一聲淒厲慘叫，頓時消失在牆面中。

這時兩人已經顧不得害不害怕，立刻加緊腳步，跑到另一面牆，毫不猶豫地提筆開始畫符，只是這回，卻是一陣詭譎的安靜，彷彿這一刻已經被完全凍結的一種空靈的寂靜，兩人不約而同感到室內的氣溫在一瞬間降低，開始搞不清楚自己是因為寒冷還是惶恐而顫抖。

在這種環境下的依芳，實在沒時間想太多，唯一能做的就是心無旁騖地畫上鎮煞咒，正當她再一次聚精會神地在牆上揮毫，突然又聽到綠豆的聲音。

只是這一回她不是驚呼、不是哀號，竟然是給她相當不客氣的大聲唱歌！突如其來的歌聲，讓依芳頓時受到驚嚇的差點把符咒畫歪。

「妳搞什麼鬼？幹嘛突然唱歌？而且，這是什麼時候？妳竟然給我唱、國、歌？」依芳在強大的壓力之下，顯得歇斯底里，忍不住對著綠豆大吼。

綠豆被附身了嗎？好端端地唱什麼國歌？不論是時間或是地點都不對吧？

這時綠豆趕忙一把拉著依芳的肩膀，用極低的氣音說：「人家不是說鬼怕國徽？我朋友曾經說過，他們應該也怕聽到國歌，我不但可以嚇跑他們，順便唱歌壯膽！」

這是什麼跟什麼？依芳一時氣得連話都說不出來，更不知道是哪個笨蛋這樣自作聰明，想出這種爛招？

如果國歌真的有效，她叫全單位的同仁立正唱國歌就好，幹嘛這麼大費周章？

不過她實在沒閒情逸致跟綠豆說太多，現在她一分一秒都不能浪費，立即轉頭繼續，只聽見綠豆鬼叫一般的歌聲正充斥著整個空間。

「三民～主義～主義～主義義義義義～」綠豆的國歌已經唱了一輪，但是現在她的歌聲就像跳針一樣，一直重複那幾個字，而且氣勢越來越弱，聲音也越來越小。

聽到這樣的歌聲，就算周火旺不用親自動手，依芳也快嚇到三魂七魄不知往哪飛了！

她想轉頭看看到底怎麼回事，不轉頭還好，一轉頭就發現他們被一排亡魂，團團包圍，其中幾個還是當初自己照顧的病人，正以相當怨毒的眼神看著她們。

他們一步一步地靠近，甚至想伸手掐她們的脖子，看他們的神情，好像被人控制的行屍一般，只有認定目標地前進、攻擊。

這下子，綠豆也嚇得發不出聲音來了，只能直覺性地用雙手擋著頭。

不聽使喚的手指正好壓到手機的快速功能鍵，頓時不斷地朝他們猛拍，閃光燈閃個不停，刺眼的強光，逼得這些亡魂不斷節節後退，甚至只能縮在角落。

綠豆發現他們怕光，開心地親了手機一下，心想還是自己的寶貝靠得住。

這時依芳二話不說地拉著綠豆跑向另一邊，她已經完成這面牆的鎮煞咒，必須抓緊時間完成其他兩面。

正要畫上第三道符時，綠豆卻指著對面的廁所，頻頻發顫地輕聲說：「我們剛剛在跑的時候，我看見周火旺就趴在那裡……」

依芳一聽到周火旺三個字，心臟就像是被吊起來一般晃盪，這傢伙和先前出來的亡魂可大不相同，他是正在進化當中的惡鬼，對於闖進來壞他大事的她們，說什麼都不可能會放過！

綠豆繼續拿著手機，看著電力只剩一格，驚慌失措地嚷著：「妳快點畫，我的手機快沒電了！」

為什麼偏偏在這時候快沒電？記得之前講好幾個小時都沒事，竟然在這種要命的時候沒電！早知道昨天就不應該打電話跟阿啪聊天，現在報應來了！

聽到綠豆的話，依芳心想，與其擔心周火旺衝過來，不如多為自己爭取一點時間，不過這時她寧願綠豆再唱出要人命的國歌，或許國歌沒有嚇退亡魂的功效，但是她相信綠豆那驚天地泣鬼神的嗓音，多多少少也應該有一些嚇阻作用吧！

依芳頻頻深呼吸，打算繼續畫符時，綠豆又驚叫出聲，不斷拍著她的肩，嚷著：「周火旺……周火旺爬過來了！」

綠豆一直觀察著四周，其實眼睛早就適應了黑暗，能看見的範圍比依芳稍微廣一點，只見周火旺正趴在地板上，朝著他們的方向快速地爬了過來。

「要死了，他爬超快的，好像肚子裡裝著無敵風火輪一樣的快，人家貞子好歹也是慢慢爬……」

話還沒說完，周火旺已經爬到她腳下，狠狠抓住她的腳踝！

「依芳，他抓我，他抓我啦！」綠豆的心臟已經快衝出喉嚨，簡直是用盡吃奶的力氣嘶吼著，他抓著綠豆，綠豆抓著依芳。

還來不及反應，一股大力便將兩人扯離牆邊，依芳手中的硃砂筆就這麼掉了。

糟糕！依芳在心中大喊不妙。

第三面牆已經畫好了，剩下的就是大門，現在卻連筆都掉了，再加上周火旺不知道要把她們拖到哪裡去，依芳的心情頓時沉重起來。

驚惶之餘，她連忙翻出護身符，無奈她與周火旺隔著兩個人身高的距離，似乎無法達到預期的效果，頓時依芳靈機一動，一把搶下正抓著她的綠豆手中的手機，想也不想地朝著牆面拍照。

這時綠豆放聲尖叫：「妳拍那裡做什麼?要照他啦!鬼最怕光啦!」

綠豆簡直快被依芳氣死，現在都什麼狀況了，竟然還搞不清楚方向，依芳看不出來周火旺正抓著她的腳嗎?

這時依芳趕忙把手機遞給綠豆，嘴裡嚷著：「他是惡鬼，不怕強光，妳快點拿著手機對著他！快點！」

綠豆也搞不清楚怎麼回事，慌亂中只能照著做，她半信半疑地拿起手機，朝著周火旺的面門定格不動，這時她猛然覺得腳下一鬆，周火旺似乎急著向後縮了一下。

綠豆納悶地看了手機一眼，原來依芳拍下了牆上的符咒，正顯示在手機螢幕上。

「哇勒，沒想到連這樣都有效！妳真是天才！」綠豆忘我地讚嘆著，依芳卻立刻抓著她爬起來。

「快點找硃砂筆，妳的手機擋不了多久！」

看著四周一片漆黑，硃砂筆又那麼不起眼，這下子該從何找起？綠豆只好摸黑在地板上搜尋，依芳則時拿著脖子上的護身符，對著周火旺，就怕他又猛然竄起。

「妳到底找到了沒？」依芳恨不得立刻衝出這個鬼地方，但只差臨門一腳，實在無法說放棄就放棄！

「妳少囉唆，找到了我還會跪在這裡嗎？」綠豆也不客氣地回嘴，現在她連呼吸都得小心翼翼，還要她跪著找尋遺落在不知何處的硃砂筆，真以為她有緝毒犬的鼻子，用嗅覺就可以找到嗎？

兩人慌亂地找尋著，突然，綠豆的手機傳來一陣鈴聲，兩人頓時又是一驚，這麼急促而短暫的鈴聲，大部分不是傳來簡訊，就是手機斷電前的警告。

果不期然，頓時燈光熄滅，四周又回復猶如無底深淵的黑暗！

第八章　甲醇事件（八）

偏偏就在最緊張刺激的時刻，手機真的沒電了！

頓時兩人身陷一片黑暗中，最慘的是，她們完全搞不清楚彼此的方位，只能勢單力薄地僵在原地。

「依芳！」

「學姐！」

兩人不約而同地呼喚彼此，但是怎樣也抓不到對方伸出的手，只覺得身旁似乎有著陰寒的不明物體，頻頻在耳邊吹氣。

在黑暗中的她們猶如盲人，就算搞不清東南西北，也不敢隨便轉頭，就怕近距離看到自己不該看，也不想看到的景象。

這時，鬼魅的笑聲此起彼落地響起，陰風陣陣地吹落平時放在護理站的資料夾，冰冷的空氣彷彿壓縮著他們的肺臟，就連喘氣都不敢太用力，綠豆和依芳兩人冷汗直流，不知如何是好。

原本縮在廁所門前的周火旺，臉上冒出青光，眼白全染上了血色，張大的嘴竟然已經長出獠牙，伸長的手指有著駭人的黑色指甲，而指甲看起來是綠豆用一個月的時間也留不到的長度，他一如先前所見到的一樣正散發著相當濃厚的酒氣，但是混合著像是臭水溝的味道，簡直是令人忍不住作噁的腥臭。

周火旺嘴裡不斷發出笑聲，朝綠豆不斷逼近。他或許不能動依芳分毫，但綠豆就不一樣了，綠豆身上沒有護身符，手機又沒電，等於是待宰的羔羊，周火旺急著吸收陰魂，怎麼可能輕易放過？

「依芳，他朝我過來了！快救我！」綠豆完全喪失理智地狂叫著，她怎樣也不想年紀輕輕就命喪在這裡，何況她還含苞待放，絕對不可以這樣莫名其妙地香消玉殞！

無奈，現在手機沒電，依芳在黑暗中找不到她的位置，那個渾蛋畫了那麼多鎮煞咒，卻忘了多畫一張給她帶在身上防身，既然現在手無寸鐵，那麼……難道她只能等死？

「三民～主義～無黨～所宗～已建～民國～」

綠豆在狗急跳牆之下，還是想到唱國歌！而且是以不要命的姿態、以相當高亢的嗓音，奮力演唱，活像國父就是她親生父親一樣的慷慨激昂，就算飆高音直到破嗓，也在所不惜。

依芳一聽到歌聲，差點沒錯愕到吐血，難不成她以為周火旺聽到國歌會立刻立正站好嗎？如果周火旺是老兵還有可能，但是以種種跡象顯示，他是十足的臺灣人。

不過，奇蹟往往發生在不可能的情況下。

周火旺一聽到這麼難聽又相當高分貝的聲音，頓時停下腳步，納悶地看了綠豆一眼，顯然在思索她到底在玩什麼花樣。

趁著這空檔，依芳頓時發現護理站的桌下正隱隱散發著淡淡紅光，她立即蹲下一看，果真是硃砂筆。

沒想到在燈光全暗的狀態下才能發現的紅光，正是解救她們的最佳曙光！

依芳立刻矮下身握住硃砂筆，想也不想地直接拿起筆朝著周火旺的身上猛甩，筆尖上的硃砂正毫不留情地灑下點點殷紅，周火旺被硃砂潑灑到的地方，正冒著滾滾白煙。

周火旺又是一聲淒厲至極的吼叫，這時依芳立即扯開喉嚨大叫：「重開機！手機快點重開！」

手機沒電時雖然會自動關機，若再重開，仍然可以維持二到三秒的亮光，而這幾秒鐘就是她們必須把握的救命時刻！

綠豆連忙重開機，頓時亮光一起，依芳立即以光辨位，一把拉住綠豆，並且在短短的時間內，看了前方一眼，分辨出大門位置，隨著手機的燈光暗了下來，依芳正以不要命的速度，摸黑朝著大門狂奔。

直到兩人以非常用力的力道撞到大門，頭頂著滿天星的時候，綠豆直覺地連按著大門開關，怎知依舊是一動也不動。

「怎麼辦？大門被鎖住了！」綠豆幾乎是驚聲尖叫。

她向後一看，發現滿臉青光的周火旺異常顯眼，正鍥而不捨地追來，但是再仔細一看，他不是用追的，而是用飄的……而且移動之快，和方才在地上爬的速度差不多，更慘的是，身後還跟了一群好兄弟！

「周火旺他們又來了！這下我們真的死定了啦！」綠豆嚇得兩眼發直，甚至直跳腳，現在擺明被困在這裡，哪還有逃生的機會？

早知道就不應該聽信鬼差的鬼主意，現在如果還有機會見到鬼差，八成是自己也成了冤魂，準備要走過奈何橋了！

「妳覺不覺得現在我應該繼續唱國歌？」現在綠豆打定主意國歌就像護身符一

樣好用！

依芳實在沒有時間翻白眼作表情，只能急忙嚷著：「現在不是讓妳開演唱會的時間，趕快想想怎麼逃出去！」

她實在很想跟綠豆說，國歌會讓周火旺停頓兩秒的原因，根本是來自她的恐怖歌聲，但是現在急況危急，她根本不想多作解釋。

「可是……我們被困住了，要怎麼逃？」

依芳當然知道唯一的辦法就是立刻在大門畫上鎮煞咒，破除周火旺的法力，但是現在完全沒有光線，她要怎麼畫？目前唯一的發光體就是周火旺的鬼臉，難道她能叫他靠近一點，借她一點光嗎？

「沒辦法，只好豁出去試試看了！」依芳喃喃說著，隨即又是一轉身，用盡全力甩著硃砂筆，同時也一把扯下脖子上的護身符，隨即塞在綠豆手中。

「妳先用護身符擋住他們！」依芳下達命令，她必須能爭取多少時間就要爭取，現在每一分每一秒都是關鍵。

硃砂的力量和護身符頓時讓這些亡魂和周火旺不敢輕易靠近，趁著綠豆在身後拿著護身符擋著，依芳想也不想地舉起手，竟然開始摸黑畫上符咒。

既然看不到，只好憑感覺了！

才一會兒的時間，最後一道符咒完成了，符咒果然在完成的一瞬間閃著微弱的金光，頓時大門應聲而開，依芳趕忙拉著綠豆跨出單位，再以驚人的反應，立即關上大門。

彷彿在鬼門關走了一圈的兩人，虛脫似地坐在地上喘氣，沒想到走出單位之後竟然感覺恍如隔世，如今在回想方才的驚險畫面，兩人好似重生一樣地笑了起來，沒想到他們完成了如此艱難的任務。

「學姐，我有個疑問。」休息了好一陣子後，依芳突然提問。

「什麼？」綠豆心想，難道是要問剛剛在裡面的事嗎？

「妳的手機是哪一家的？我下次一定要換這隻手機！」

「……」

回到宿舍後，兩人倒頭就睡。

經過這兩天的震撼教育，依芳快累癱了，一向最重睡眠的她，好不容易抓到機會，打定主意要狠狠睡個一天一夜，但是她甚至感覺被窩還沒睡暖，又聽見大門傳來相當急促又非常猛烈的敲門聲，活像打算破門而入的狠勁。

依芳氣憤地用枕頭蒙住自己的頭，張大嘴巴悶在裡頭尖叫，她不用猜也知道，會這樣敲門的人除了綠豆，不會有別人了！

雖然想來個聽而不聞，但是敲門聲不但不停止，甚至更加激烈，如果再不去開門，可能會被敲出一個大洞來。

她不耐煩地把枕頭丟到一邊，心想綠豆這傢伙最好有最高等級的緊急事件，不然她會抓狂的掐住綠豆的脖子。

她一打開門，又是看到綠豆鐵青的臉，她心底不住哀號，通常綠豆有這個表情，表示又有什麼事情發生了！

為什麼綠豆的寢室不離她遠一點？

「依芳，大事不好了！」綠豆根本不等依芳出聲，就急著大聲嚷嚷。

依芳一見她又是神情慌張，真不知道又發生什麼事了！但是頂著根本還沒睡醒又一臉呆滯的浮腫臉蛋，似乎任何事情都引不起她的興致。

「剛剛阿啪打給我，說等一下阿長要開病房！」

綠豆的消息果然猶如投下一顆震撼彈，徹底把依芳打醒了。

她瞬間立刻彈跳起來，睜大杏眼，震驚地吼道：「妳確定嗎？」

如果今天就開病房，那昨天的九死一生是為了什麼？

依芳顧不得披頭散髮，隨便套一件衣服，立刻和綠豆朝著單位的方向跑，嘴裡還嚷著：「現在單位畫滿符咒，周火旺才能被困在裡面，阿長千萬不能開單位大門，否則破了大門上面的符咒，周火旺絕對會趁機跑出來！」

兩人一路狂奔，好不容易跑到單位前的走廊，正好看見護理長拿出自己的識別證，顯然她要刷開大門！

「阿長！」綠豆發出淒厲的鬼叫，以滑壘之姿，快速滑到護理長腳邊，一把用力抓住她的大腿，用力嘶吼著，「千萬不要進去！」

阿長從沒在棒球場以外看過這樣精采的滑壘，一見到綠豆這麼誇張的模樣，張口結舌好一會兒才回過神，趕緊抽出自己的腳，「妳在幹嘛？抱著我的大腿不讓我開病房，妳是休假還休得不過癮嗎？」

「阿長，我不是說過要關病房嗎？現在這種非常時期，真的不能開，否則一定會出事的！」依芳氣喘噓噓地跟上來，心底卻慶幸還好在這千鈞一髮之際阻止阿長做傻事！

怎知，護理長卻是一臉怒容，忍不住咆哮起來：「說到關病房，你們知道我被上面的人叮得滿頭包嗎？我關病房這三天，被罵得狗血淋頭，現在別說你們，就連我都快被趕出這家醫院了，還要我別開病房？你們瘋了啊？」

護理長高高舉起員工證，怎知綠豆一躍而起，飛快搶下護理長手上的證件，若不是情況緊急，否則以她從小體育成績都低風飛過的情況下，實在不可能有這麼好的反應和彈性。

「阿長，我跟妳說實話好了，單位裡面有惡鬼，還剩三天就是他的頭七之日，必須等三天後才能開病房！」依芳也急忙擋在大門前，說什麼也絕對不讓護理長進入，拚了這份工作不要，她也不想讓周火旺逃出。

護理長一聽到鬼，忍不住放聲大笑，「雖然當初醫院請的道士所發生的事很詭異沒錯，但是我什麼鬼怪也沒看到，何況這和我的工作比起來，實在不算什麼。拜託，我跟你們這些單身貴族不一樣，我還有家要養，少擋在這裡礙事！」

護理長一把將兩人推開，這時綠豆猛然想起什麼似的，連忙拿出放在口袋的手機，她記得昨天對著好兄弟猛拍照，雖然目的只是希望強光能驅趕亡魂，但是也順手拍下了好幾張照片。

她本來沒勇氣點開來看的，但現況非比尋常，必須找出證據讓護理長相信她們所言不假。

她遞上手機，迅速地打開手機裡的照片，「我給妳看看，這是我拍到的靈異照片，看到不要尖叫喔！」

綠豆平時雖然人來瘋，但是頂多玩心較重，如今見她煞有其事的模樣，護理長忍不住湊過來一看究竟，奇怪的是……她拍那麼多張單位裡的儀器照片做什麼？除了冰冷沒有生命的儀器外，什麼東西也沒有，這算靈異照片嗎？

護理長冷冷地瞪著綠豆和依芳，現在她尖叫是沒有，倒是很想鬼叫！

「綠豆，我現在心情真的很不好，勸妳別再惡作劇了！」護理長的臉色顯然已經非常不好看，甚至有準備發飆的感覺。

綠豆驚慌失措地拿著手機，不斷找尋著昨天所拍下的照片，忍不住大聲慘叫：「我的媽，怎麼一隻鬼都沒拍到？平時電視上的靈異節目隨便拍都有，我怎麼這麼衰，已經和好兄弟快臉貼臉跳黏巴達了，這樣還拍不到？」

「妳們再胡說八道，今年的尾牙就負責上臺表演！」護理長撂下狠話。

歷年以來，每個護理人員最痛恨的就是參加尾牙表演活動，沒想到阿長竟然使出這樣的終極手段！

「阿長，拜託妳，我們說的都是真話，好歹念在我昨晚在裡面唱了將近一個晚上的國歌，妳真的不能開門！」綠豆急得滿頭大汗，一旁的依芳也不知如何是好，顯然護理長是吃了秤坨鐵了心，怎樣也無法阻止她開病房的決心。

這時，護理長毫不客氣地搶下正在綠豆手中的員工證，刷開了大門！

「阿長，不要！」綠豆和依芳同時大叫，護理長仍逕自推開大門。

開門的一瞬間，頓時一陣強勁猛烈的陰風襲面而來，這回更是傳來陣陣腐屍的臭味，依芳和綠豆忍不住彎下腰，摀著自己的口鼻，心中同時大喊，完蛋了！

此時，護理長冷冷地轉頭看著他們兩人，嘴上掛著陰冷奸險的弧度，原本盤在後腦勺的髮髻，已經被陰風吹亂，形成誇張而凌亂的怒髮衝冠造型。

然而，最顯眼的莫過於臉上泛起陣陣的青光……

此時若不是礙於家教，依芳超想把心中的髒話罵出聲，但是現在卻只能慌張的對著綠豆叫著：「阿長被附身了！」

第九章　甲醇事件（九）

「不會吧！」綠豆怪裡怪氣地慘叫出聲。

她平時最怕的人就是護理長，最近害她被嚇的魂飛魄散的就是第三度空間的朋友，現在兩個重疊在一起，無疑是史無前例最恐怖組合！

依芳拉著綠豆退到一邊，渾身打了一陣冷顫，這種惡鬼一但有了肉體，就會想辦法取其性命，現在護理長有危險了！

「學姐，現在我們一定要壓制住阿長，絕對不能讓她拿到任何危險物品，或到危險地方去！」依芳連忙交代著，就怕有個萬一，又要出人命了！

「怎……怎麼壓制？她是阿長耶？我不敢！」綠豆在這時候退縮了，阿長平時就是恰查某一個，又操縱著她的生殺大權，萬一惹得阿長不高興，到時她上班會生不如死。

難道依芳不知道，打阿長比面對周火旺更恐怖百倍嗎？

這時護理長凶狠地盯著兩人，快速地往走廊的另一個方向走去，但是仔細一看，阿長竟然是踮著腳尖走，如果再靠上前觀察，會發現她根本只有腳指頭著地，以這樣的方式，她的移動速度仍然相當迅速，依芳懷疑她用飄的來形容還比較恰當。

「快點幫忙！她好像要去頂樓！」依芳頓時撲了上去，現在顧不了這麼多了！

「阿長去那邊做什麼？」綠豆傻頭傻腦地問著。

「當然是去跳樓，不然妳以為她想去頂樓曬衣服嗎？」若不是忙著牽制護理長，她真的很想揍綠豆一頓，這種問題還需要問嗎？

依芳頓時將護理長撲倒，兩人在地板上掙扎，這時護理長的力氣已經超乎一般人，一個翻身就把依芳壓制身下，嘴裡的獠牙更不斷的發出恐怖的摩擦聲，一副想將依芳大卸八塊的嘶吼著。

護理長雙手用力掐住依芳的脖子，嘴裡竟然發出男人低沉的聲音：「妳這乳臭未乾的臭丫頭，竟然一而再再而三地壞我好事，今天我就要妳跟我一樣，成為枉死的冤鬼！」

綠豆一看依芳頻頻掙扎，漲紅著臉卻發不出聲，可見她快喘不過氣了。此時綠豆只能豁出去，一衝上前，毫不猶豫地就朝護理長的臉胡亂揮了好幾拳，甚至有點公報私仇地多踹了幾腳。

護理長受到了攻擊，吃痛地將依芳放開。猛然吸到新鮮空氣的依芳，只能倒地瘋狂咳嗽著。

下一刻，護理長轉而對綠豆發出「嘶嘶」的詭異聲音，臉孔變得扭曲。

綠豆發誓她好幾次都惹得護理長抓狂，但是也沒見過她的表情會這麼凶惡、這麼……想殺人！

她驚慌失措地頻頻倒退，臉上汗水流個不停，她試圖想要緩和氣氛，嘴上掛著勉強的微笑，「阿長，妳……妳的髮型真的有夠炫，在哪家沙龍做的造型？這樣怒髮衝冠的造型，真不是普通人做的出來，妳應該用了不少罐髮膠吼？」

綠豆只覺得喉嚨發乾，這樣的冷笑話，連她自己都笑不出來！尤其面對目前心目中恐怖排行榜高居不下的周火旺和阿長，她沒有不小心尿濕褲子，就已經可以獲得最佳勇氣獎了！

綠豆看著護理長朝她伸出手，本能地想大聲呼救，但是一想到三樓本來就只有他們單位，隔壁是家屬休息室，現在關了病房，自然也沒有家屬，更別說有其他的人了！

這時，依芳猛然從地上爬起，飛快地拿起掛在脖子上的護身符，直接將護身符貼在護理長額頭上，頓時護理長發出叫人難以忍受的尖銳慘叫，額頭還不斷地冒著煙。

護理長不斷掙扎，不斷尖叫，依芳的臉孔竟然也一反平時的怯懦，而是起了殺心，想置對方於死地的狠勁。

「快點滾出這身體！這不是屬於你的地方，快點給我滾回去！」依芳一臉凝重，渾身散發著神聖莊嚴的氣息，這一看上去，她果真有著降妖伏魔的氣勢，看起來真是帥呆了！

綠豆剛冒出這樣的念頭，便見依芳被護理長一腳踹了出去。

老實說，她摔得有夠難看，也萬分狼狽，脖子上的護身符硬生生被扯斷，登時滑至會客椅下，會客椅相當沉重，依芳沒時間搬開，伸手也拿不到護身符。

這下好了，還有什麼情況會比現在更慘？如今兩個人就像是赤手空拳趕赴前線的士兵，擺明就是送上門等死。

這時依芳察覺情勢不對，立刻喊著：「快去搬救兵！」

原本已經看到傻眼的綠豆，頓時猶如大夢初醒，急忙想跑下樓，怎知護理長陰森地笑了兩聲，突然又是一陣陰風，頓時逃生門用力關上，任由綠豆使盡全力的衝撞，依舊不動分豪。

依芳見狀，趕緊按下電梯的按鈕，怎知電梯竟然一動也不動，沒有絲毫的反應。

看樣子，周火旺打算先解決她們兩個！

這樣的情勢，已經讓人無法冷靜思考，依芳立刻從護理長的背後一把鎖住她的喉嚨，嘴裡喃喃念著小聲又讓人聽不懂得咒語，護理長拚命掙扎，但是依芳卻不知哪來的力量，竟然勉強壓制住了！

「快去找救兵，我撐不久！」依芳猛然抬頭交代，隨即又低頭默念。

綠豆看著緊閉的逃生門，感覺像是沒電的電梯，還有跟空城沒兩樣的三樓空間，除了被附身的阿長和狼狽的依芳，這裡連一隻蒼蠅都沒有！！

吼～到底叫她去哪裡找救兵啦？

綠豆不知所措，除了單位和家屬休息室，唯一只剩廁所，這時她猛然想起，或許還有一個人可以幫忙，只是他不是人！

記得依芳說過，要在最陰的地方燒紙錢找鬼差，只是現在手上沒有任何紙錢，也沒辦法跑到地下室，但是現在實在管不了那麼多，她立即衝進廁所，跪在略為骯髒的地板上，朝著天花板揖拜，嘴裡瘋狂喊著：「鬼差大哥，快點現身救命，再晚一點，我和依芳就要和你在黃泉路上相會了！鬼差大哥……」綠豆扯開喉嚨大叫，期待能有再一次的奇蹟發生！

空盪盪的廁所，除了洗手臺上的滴答聲，只剩她一人的喘氣聲，整個空間仍然毫無動靜，似乎根本沒有任何異樣。

不會吧！綠豆歪頭想著，難道鬼差真的這麼不近人情，現在這種非常時期還不肯出現？還是說……她哪裡出了問題？只因為她沒有燒紙錢嗎？

說到燒紙錢，她記得這個鬼差死要錢……

「鬼差大哥，只要你出來幫忙，我就再多燒五千萬銀紙！」綠豆想出這終極手段，高高舉起五根手指頭，胡亂的朝著天花板吶喊，希望這一招有效。

不一會兒，鬼差那帥到讓綠豆忍不住流口水的俊美面孔突然浮現在綠豆雙膝著地的地板上，脖子以下的身軀，還在地面之下！

他抬頭看了綠豆一眼，又嫌惡地轉頭看著四周，忍不住嚷著：「能不能請妳行行好，下次想找我，千萬別挑這種地方，妳以為我是招喚獸，隨 call 隨到，連場合都不挑嗎？」

「鬼差大哥！」綠豆一看到他，猶如溺水者看到浮木，差點開心地喜極而泣，頓時忘記他就是鬼差，立即想彎腰抱住他的頭顱，怎知卻撲了一個空。

此時，鬼差的身體慢慢浮出地板，他繼續若無其事的抽菸，嘴裡不忘調侃道：「我知道很多女孩都愛我，但是可惜我們不同世界，妳還是去找適合妳的男人吧！」

這時綠豆才猛然回過神，心想她才不是因為愛慕，而是出現了救星而一時忘了他是鬼差，這種心情可大不相同。

但是現在不是閒話家常的時候，她連忙喊道：「周火旺闖出四周畫上符咒的空間，現在附身在我們阿長的身上，依芳已經快擋不住了！」

鬼差猛然又吸了一大口菸，冷冷道：「周火旺這小子真不知好歹，敬酒不吃吃罰酒！」

鬼差平時弔兒郎當的神情頓時消失殆盡，眼神中取而代之的竟然是陰鷙而帶著殺氣的火焰，綠豆甚至感覺到他所散發的懾人氣勢，帶著黑色的詭異和狂暴的猛烈。

鬼差一踏出廁所，隨即往右方一看，正好瞧見護理長一把推開依芳，而且正準備一腳踹向依芳的胸口。

綠豆這一看可不得了，這樣一踹，只怕依芳那麼單薄的身子承受不住，不是肋骨斷了幾根，就是內出血！

這時，鬼差突然消失，閃現在依芳斜前方，一把將她拉入自己懷中，以最快的速度閃開護理長的攻擊。

護理長一見到還有其他人的出現，隨即又發出難聽恐怖的嗓音：「你這傢伙又是誰？勸你別跟他們一樣多管閒事，否則你的下場就和他們一樣！」

鬼差輕輕的放開依芳，毫不在意的踩熄丟在腳下的菸蒂，毫無情緒地平聲道：「你這傢伙在生前就不知好歹，就連誰害死你都搞不清楚，現在你已經死了，還是搞不清楚狀況！」

「哼，不管誰害死我，我都會去討命，不過在這之前，我要擁有力量，唯有力量才能讓我報仇！」這時護理長的臉孔頓時浮現周火旺的五官，就好像兩張人臉重疊在一起，有著說不出的森然。

「愚蠢！」鬼差猛然伸手指著他，正色道，「你以為沒有人奈何得了你嗎？」

怪談病院
第十章　甲醇事件（十）

這時周火旺根本懶得和鬼差廢話，頓時會客椅騰空飛起，毫無預警地往鬼差的腦門砸去。怎知鬼差不閃不躲，還相當悠哉地從手中變出一根菸，好整以暇地吐出一圈圈煙霧，包圍他的全身。

只見那張會客椅直接穿過鬼差後重重落地，周火旺一向僵硬的五官線條終於有了變化，緊皺著眉，終於發現事有蹊蹺。

「你不是人?!」周火旺的聲音帶著一股警戒。

一旁的綠豆和依芳卻差點跌倒，周火旺也太過遲鈍了吧？這種資質也想當惡鬼，會不會過於牽強了？實在一點都不聰明！

鬼差冷冷地笑了，他的笑聲和周火旺的陰森截然不同，卻足以讓依芳和綠豆寒毛直豎，心情異常沉重。

「周火旺，給我好好地睜大眼睛！」鬼差聲色俱厲地吼著，頓時天花板上的日光燈和周遭的玻璃窗，竟因鬼差的聲浪而震碎，頓時玻璃碎片由如雪花般紛飛，他突然伸手掐住護理長的脖子，用力往上一提，怎知護理長仍然站在原地，而他掐住的周火旺卻被拉了出來，神情百般痛苦。

周火旺一被抽離護理長的身體，護理長立刻倒在地上，昏迷不醒，綠豆和依芳趕緊上前扶著她，但是誰也不敢把她叫醒，就怕她見到眼前狀況，又會再度暈厥。

此時，鬼差將周火旺高舉在手，神情已經不再悠哉，而是橫眉怒目，一副不怒而威的凶猛氣焰，「好好看清楚，我就是三天後即將帶你上路的領路者！把我惹火了，我讓你永生永世都待在枉死城，別妄想有離開的一天！」

周火旺死到臨頭才發現，眼前的人竟是一般亡魂最為恐懼的鬼差，如今他尚未成為完全的惡鬼，論實力，怎麼打得贏鬼差？

「給我滾到裡面去，直到我來接你的那天為止！」鬼差輕輕鬆鬆地以投手姿態將周火旺往單位方向丟去，不需經過開門，他竟然穿透過單位大門，消失在眾人眼前。

沒想到鬼差竟然沒兩下就把周火旺給困住了，那麼想當初她和綠豆冒著生命危險地進入單位，又是為了哪樁？依芳忍不住在心底埋怨起來。

「鬼差大哥，既然你這麼厲害，幹嘛害我和依芳累得要死不活？」顯然綠豆也有著相同的疑惑，一開始就由他出馬不就好了？

鬼差故作沒事地聳聳肩，又回復一臉悠哉，「這就是五千萬和一億的差別，別忘了妳剛剛承諾多加五千萬！」

多加五千萬？依芳眼露凶光地轉頭看綠豆，綠豆也是一臉無奈，只能小小聲地辯解：「當時情況危急，我沒辦法嘛。」

「那也不用一口氣加到五千萬阿！我還沒領薪水欸！」

「誰叫妳剛剛忘記帶硃砂筆，護身符又不見了，我是看妳快被周火旺掐死，才出此下策！」

「陰間又不吃銀行那一套，我們還不知道能不能分期付款，現在要我怎麼吐出這筆錢？」

正當綠豆和依芳兩人為了錢而苦惱時，鬼差淡淡地掃了依芳一眼，心底卻無聲道——「依芳，或許妳還不知道自己的天命，若不是妳畫下符咒，哪是我的能力困得住？我頂多只能從旁協助。但我看得出來，妳已經慢慢在覺醒了，希望妳別枉費我們對妳的一番苦心……」

一大早就接到護理長的電話，綠豆和依芳心不甘情不願地到二樓加護病房報到，自從三樓關病房後，護理長只能在二樓坐鎮。

三天前，護理長被附身醒過來後，派了雜七雜八的工作給依芳和綠豆，尤其自從護理長被眾人質疑是家暴事件的受害者後，兩人簡直過著水深火熱的生活。

真不知道護理長又想到什麼花樣惡整他們，兩人除了嘆氣，什麼也不想多說。

一到二樓，護理長正好端端地坐在自己的辦公室內，這時綠豆不得不感嘆女人的生命力真不是普通的堅韌，尤其是護理長，都被打得鼻青臉腫，還是冒著被指指點點的風險來上班。

只是上班時間還帶著漁夫帽，感覺更像家暴受害者啊……這麼難得的畫面，綠豆超想拍照留念，但是她實在不敢提這個要求，尤其是每次護理長見到她都充滿殺氣……

「綠豆、依芳，那天到底發生了什麼事，我怎麼一點印象也沒有？保險起見，我也關了病房直到今天，但是……我要你們坦白告訴我……」護理長壓低聲音，一臉神祕，她伸長脖子，機警地看看四周，隨即盯著綠豆和依芳兩人。

「那天到底是誰打我？」

「是她！」依芳和綠豆反射性指著彼此，毫不考慮地喊著。

早就知道護理長遲早會把帳本拿出來好好算一算，綠豆和依芳忍不住緊張地直飆汗，若要說誰打護理長，老實說……兩個人或多或少都參了一腳，只是綠豆多加了好幾腳。

「妳們兩個……真不是普通的有膽識，我要妳們直到年底都不能放假！」護理長翻臉就像翻書一樣迅速，活像隻凶猛野獸一樣瘋狂嘶吼。

綠豆苦著臉望著依芳，她早就警告過——阿長，是不能隨便招惹的！

「那包是周火旺的遺物，到今天都沒有任何家屬前來認領，等等妳們直接拿到地下室，讓太平間的工作人員處理吧！」護理長隨即指著放置在角落的黑色塑膠袋，直接命令道。

一般而言，誰也不想踏入太平間一步，尤其是膽量較小的護士，根本連提都不敢提。

綠豆和依芳哀怨地互看一眼，顯然他們真的把護理長惹火了，連這種事都特地叫她們跑腿。

如今兩人再次踏上前往太平間的長廊，只是心情輕鬆多了。

這時綠豆突然嚷著：「周火旺還真可憐，竟然一個家屬都沒來，今天正好是他的頭七，不知道鬼差來帶他了沒！」

依芳狐疑地看了綠豆一眼，聽她的語氣，好像她對這件事顯得興致高昂，難不成她還想前去觀禮，順便列隊歡送嗎？

「鬼差一向注重時辰，在今天結束前，一定會帶周火旺回去報到。」依芳事不關己地說著。

「怎麼說我們跟鬼差大哥也有一點交情，他說過會親自來帶領周火旺，我們也正好趁這時候跟他說聲再見好了。」

「再見？」依芳頓時驚呼，「誰要跟他再見啊？」

偏偏說曹操曹操到，叼著菸的鬼差再次現身，後頭跟著帶上枷鎖和腳鐐的周火旺，現在的他看起來十分狼狽潦倒，一點也不像當初那個逞凶作惡的鬼。

「依芳，妳實在太傷我的心了，竟然連聲再見也不跟我說？」鬼差輕浮地對著依芳眨眼，依芳全身的毛細孔卻在這一瞬間全數張開，身體更是毫不客氣地抖了幾下。

這時綠豆看著一臉誠惶誠恐的周火旺，心底的同情油然而生，雖然他把她和依芳嚇得只剩半條命，但是再怎麼說，他也是被人害死的冤鬼啊！

依芳這時對著鬼差納悶道：「周火旺跟著你回去固然很好，但是害他的人呢？就這樣算了嗎？」

「我只負責陰間的執法，陽間的問題我管不了。」鬼差一副無所謂的神情，「但今天不論是誰、不論做了哪一件壞事，都會被記在帳上，遲早有一天，我會收了他！這一點是無庸置疑的！」

說到底，不論為人在世如何貪贓枉法，如何作姦犯科，最後還是要踏上黃泉路，以往的罪惡全都無法隱藏，只能接受審判……

這時依芳再度看了周火旺一眼，發現他右手臂有著詭異的雙頭蛇刺青，盤繞著臂膀，吐出那血紅又分岔的舌頭，看上去更顯得嗜血！

「時辰到了，我該回去覆命了。」鬼差淡淡地說著，隨即又轉頭看著綠豆，「記得妳答應的事，否則我會讓妳夜夜睡不安寧！」

鬼差就算已經準備要離開，還是不忘掃興地討債，害綠豆原本感傷的情懷頓時消失得一乾二淨。

這時依芳站上前一大步，問道：「你幫我們這麼多，我們到現在還不知道你叫什麼名字！」

此時鬼差和周火旺的身影漸漸變成半透明，但可以聽到他清楚的回答——「玄罡！」

兩人處在不知是該感到離情依依，或是因為解決周火旺而歡欣鼓舞的當下，綠豆的手機又響起了。

依芳一見到綠豆臉色鐵青的掛下電話，心中頓時浮現非常不祥的預感……

「是阿長打來的，她剛剛笑得好開心，說明天開病房，特別交代我們兩個皮要繃緊一點……」

兩人一想起護理長的笑聲，頓時又是一陣冷顫！

怪談病院
第十一章　修女事件（一）

窗外夜幕深沉，三三兩兩的車燈正急速劃過空盪盪的路面，像是一閃而逝的流星，來不及讚賞照耀黑暗的光亮，隨即消失在一望無際的黑色帷幕中。零落的路燈正孤獨、盡忠地在自己的崗位上綻放著微弱的點點星光，即將進入深秋的夜，總是帶著微微的涼，陣陣的風……

和冷冷清清的街景相較之下，處在三樓的加護病房，顯然熱鬧多了。

綠豆抬頭看著牆上的時鐘，已經接近凌晨三點，該做的治療全都告一個段落，她終於可以坐下來好好喘口氣。放眼望去，正好看見在短短一個月內已經成為大夜班底的依芳，正拿著靜脈留置針和病人奮戰著。

病人身上的留置針已經到期，依芳必須在天亮交班前重新放置，但是看著她拿著留置針的手，實在抖得像是飽受暴風蹂躪的斷枝殘幹，顯得無力而搖搖欲墜，綠豆實在看不下去了！

「依芳，妳上線都一個多月了，怎麼還是抖成這樣？妳看起來比病人還像中風！」綠豆上前關心，心想依芳雖然稱不上天兵，不過在臨床上的表現實在差強人意，尤其是看到病人像是被打成蜂窩一樣的整隻手臂，實在笑不出來。

依芳苦著一張臉，以快要哭出來的模樣說著：「他本來是昏迷的病人，被我扎針扎到醒過來，流著眼淚跟我說……賣擱來啊～」

說到這裡，依芳倍受挫折又滿腹心酸地紅了眼眶，對於某些精細的技術根本還沒上手，這讓她對自己感到灰心，壓力甚大。

看著她狼狽的模樣，綠豆實在很難想像當初她對抗周火旺的強悍神情，於是只能嘆口氣，默默低頭幫她找尋病人身上那幾乎快跟絲線一樣細小的血管。

這時，阿啪也過來幫忙，身後跟著一名看起來相當可愛的女孩，活像卡通裡的Q版人物，只是看上去和依芳同樣青澀。

這學妹和依芳是同一期的新進人員，只是先前被調派到病房，她經過多次訴求後，希望能調到重症單位訓練自己，所以才晚依芳一個月來，今天正是她見習大夜班的第一天，難得多了一名人力。

「嚕嚕米，妳也一起幫忙找血管，加護病房的病人大多是長期臥床的重症病患，血管大多不好找，所以要常常找機會訓練自己的技術和眼力，但是不要逞強，必要時可以求救，我們都會幫忙。」阿啪一臉學姐的派頭，正經地叮嚀著學妹，一反平日脫線的傻大姐樣。

綠豆這人的心腸不壞，偏偏就是嘴巴賤了一點。

她不以為然地故意瞄了阿帕一眼，刻意清了清喉嚨，「哇~太陽打西邊出來呢，阿長以為我們這裡是動物園，潑猴都能帶學妹欸！妳有沒有高興地學猴子跳舞？啊……妳幹嘛學？妳本來就是一隻猴子！哇哈哈哈！」

綠豆沒事就愛調侃阿帕，畢竟兩人是一同奮鬥三年的老搭檔，兩人總愛以互相吐槽取樂，以度過無數漫漫長夜……

但是，號稱「屎人王」的阿帕，通常不會讓綠豆多好過日子，例如現在……對面其中一床的警鈴聲在阿帕出聲反擊前，竟然毫不客氣地鳴聲大響。

綠豆和阿帕歷經無數次考驗，默契也相當足夠，兩人以百米速度衝到病人的床前，綠豆一如往常又是臉色鐵青。

「阿帕，妳的帶賽是打算破世界紀錄嗎？妳知不知道當護士不用拚業績？如果把臨床以企業化經營，妳一定是高階主管，因為妳的業績每個月都嚇嚇叫，無人可及！」綠豆看著病人，卻對著阿帕叫囂！

阿帕一邊忙著緊急測量病患的生命徵象，一邊回嘴：「妳以為我喜歡嗎？我拜拜已經拜到地老天荒，我只差沒剃頭去當尼姑了，結果還不是一樣？」

綠豆和阿帕看到病人的呼吸越來越費力，床頭機器上顯示的血氧指數竟然掉到

60％以下，病人原本還算清楚的意識頓時轉為昏迷，顯然氧氣不足，已經讓病患體內產生變化，進而影響所有的生命徵象。

又是需要急救的病患！

綠豆雖然早已習慣這樣的場面，但還是忍不住在心底慘叫，心想阿啪的帶賽，果真賽到深處無怨尤，哪一天能夠讓她安安穩穩的上滿八小時的班，然後歡天喜地地回宿舍睡覺？

「快推急救車，準備插管！依芳，快去推呼吸器！阿啪，趕快再另外找一條血管準備給予急救藥！嚕嚕米，趕快準備急救藥！」綠豆毫不猶豫地發號施令。

就算綠豆在生活上是不折不扣的白痴，但是急救是她的超級強項，急救有她坐鎮，通常能夠穩定軍心，只要照著她的指令步驟，大家不至於亂成一團。

綠豆隨即打電話呼叫值班醫師，這回醫師正好在樓上的值班室，不到五分鐘就出現了，甚至以迅雷不及掩耳的速度帶上無菌手套，等待綠豆遞上插管的器械。

這時，醫師突然念出一長串英文藥名，準備給予病患的急救藥物。

一旁待命的嚕嚕米緊張起來，雖然她在病房受過訓練，不過對於加護病房的經驗還是不足，難免手忙腳亂。但是對於認識急救藥物是新進人員最基本的功課，起碼她還知道該拿哪一瓶。

只是她實在過於緊張，竟然針尖放不進直徑只有0.5公分的藥瓶，反倒是拚了命地拿針頭狂戳自己的手指，藥劑一滴都沒抽到，但是手指頭好多密密麻麻的針孔，冒出好幾滴鮮血，她已經快被針戳到失血過多了。

好不容易在嘗試幾次後，嚕嚕米成功地抽出藥劑，遞上前，醫師面不改色地繼續下達指令。嚕嚕米再次慌了手腳，嘴裡不斷默念藥名，但是翻遍整臺急救車，就是找不到醫師所需要的藥瓶。

嚕嚕米急得滿頭大汗，甚至有種想放聲尖叫的衝動，隨著時間一秒一秒流逝，她的頭皮越來越麻，腦中完全空白，只能反覆念著藥名。

正當她一籌莫展又心急如焚時，身後伸出一隻蒼白纖細的手臂，竟然拿著一罐小小的藥瓶停在自己面前，嚕嚕米歡天喜地地發現，那正是她遍尋不著的藥劑！她開心地鬆了一大口氣，正想轉頭感謝對方，卻愣住了。

阿啪忙著打針，綠豆忙著協助醫師，依芳正在床頭手忙腳亂地設定呼吸器，除了她之外，大家都靠在病床周圍，只有她一個人推著急救車在床尾！

照理說，今天上班人數加上醫師總共五人，她數了數，站在前方的人頭已經占了四個名額，加上站在床尾的自己總共五個。

那麼，背後遞上藥瓶的那隻手是屬於誰的……

在眾人通力合作下，病人接上呼吸器，生命徵象也呈現回穩狀態，看著外面的天色漸露曙光，正好可以準備交接班後續動作，眾人各自回到自己的工作崗位繼續奮鬥。

就在這時，阿啪發現嚕嚕米臉色泛白，渾身顫抖，就算坐在位置上，也是兩眼渙散地直視前方，一副驚魂未定的模樣。

阿啪心想……急救對她來說，猶如家常便飯，這個學妹看起來卻像是要去收驚的模樣，好不悽慘！

「嚕嚕米，這裡常常急救，第一次總是會這樣，妳不用放在心上，久了自然會習慣！」阿啪過去拍拍她的肩膀。

怎知嚕嚕米的臉色並未好轉，突然抬起手，顫抖地指著方才自己所站的位置，抖聲道：「剛剛……剛剛有一隻手突然拿藥給我！可是我轉頭一看……明明沒人！」

嚕嚕這句話頓時像顆炸彈頓時引爆整個空間，其他人都停下手中工作，直盯著嚕嚕米！他們每個人都心知肚明，單位是密閉空間，病人也絕不可能下床，當時他們沒有人走近床尾，拿藥的人會是誰？

正確的說，拿藥的……確定是人嗎？

阿帕和綠豆像是被電到一樣直盯著依芳，打從周火旺事件後，他們就老是疑神疑鬼，只要有個風吹草動就渾身緊繃，就怕又出現第二個周火旺。

「妳們這樣看著我是什麼意思？」依芳突然感到渾身不舒服，她真討厭她們用那種驚恐的眼神看著自己，活像她可以解決一切疑難雜症似的。

事實上，她懂得東西也沒比一般人多多少。

「妳有看到什麼……我們不該看到的東西嗎？」綠豆又開始緊張地窮發抖，總覺得周圍有股莫名的涼意。

一回想起當初單位裡擠滿了大大小小的亡魂，她就頭皮發麻，怎樣也不想重回當時的情景。

依芳瞪著綠豆，早跟她說過別讓太多人知道自己是陰陽眼，現在她卻大剌剌地當著嚕嚕米的面問，她是把陰陽眼當作討論天氣一樣嗎？

她沒好氣地大聲反駁：「我的眼睛裡除了手中的呼吸器，就連妳們在做什麼都沒注意，我還能看見什麼？」

依芳再怎麼說也是菜鳥，每次急救當下都默背教學課本上的內容，根本無暇分心。

「當初跟隨周火旺的好兄弟是不是還在裡面？妳別又看到不說喔！」阿啪長時間和她們一起上班，對這些事情也多少了解一些，心底也是一陣止不住的恐慌，甚至想躲在桌子底下。

嚕嚕米一聽，差點昏過去，她這個人什麼都怕，尤其怕鬼……

看著嚕嚕米連嘴唇都發白了，依芳最怕的就是這種場面，她不喜歡搞得人心惶惶！

「鬼差那天不但帶走周火旺，還把單位裡所有的亡魂清得一乾二淨，包括牆上的符咒也都順手清理，現在我連一隻鬼都看不到！」依芳忍不住站起來叫著。

這麼說來，之前這邊真的很多、很多好兄弟？嚕嚕米頓時覺得喘不過氣，咒罵自己為什麼要走臨床這條路了！

顯然她這番說詞，根本一點幫助都沒有，反而讓搞不清前因後果的嚕嚕米更加惶恐。

這也讓依芳顯得更為慌張，急忙想要緩和情緒，趕忙又嚷著：「如果真的是鬼，他還真不是普通的好心，等一下妳們去上廁所，難道也從馬桶裡伸出手來幫妳們擦屁股嗎？」

依芳越描越黑的功力真不是蓋的，本來還沒那麼害怕，現在卻越說越毛，其他三人更是不約而同地想著：打死今天下班前絕對不去上廁所！

依芳尷尬地嘿嘿笑了兩聲，對於這樣的窘境，她實在很想嘶吼，但是礙於她的教養，她只能深呼吸，繼續轉身低頭做自己的工作，方才那一床病人還沒打留置針呢！

這時，單位裡散發著詭異的寂靜，似乎誰也不敢再出聲似的默默做著自己的事情，但是始終堅持沒見鬼的依芳，心底卻覺得不踏實。

嚕嚕米這麼一提及，其實依芳嘴上否認，但她確實有察覺單位內的磁場不對勁，但是又說不上來是哪裡出了問題。因為出現的那股氣……若說是怨氣，似乎沒有那麼濃烈，若說一般的路過亡魂，似乎又多了那麼一絲冤氣。

到底怎麼回事？她的確沒有多分心注意，難道……嚕嚕米真的撞鬼了？若真是如此，這鬼魂未免過於好心，而且還具備專業知識呢！

四個人好不容易撐到下班，才稍稍鬆了一口氣，一早的醫院還算是相當冷清，一打開單位大門，一股陰涼的氣息撲面而來，頓時讓人從頭冷到腳，每個人紛紛拉緊身上的外套，現在天氣似乎越來越冷，冷得連雞皮疙瘩都紛紛起立敬禮了！

「快要入冬了嗎？怎麼突然這麼冷？」阿啪蹉著腳，皺著眉頭問。

此時，依芳頓時臉色微變，依舊一言不發。

四人陸陸續續走進電梯，正要關上電梯大門的同時，前方突然出現了一名年約五十、身穿修女服的女子，緩緩走上前，顯然她也打算坐電梯。

嚕嚕米這人一向熱心，趕忙重新按開電梯門，面露微笑地迎視女子。

這間醫院是天主教醫院，一般病房都會有修女進出或幫忙，而且大部分的修女除了熱心助人外，多少也懂得一些專業知識，常常提供許多病患或家屬一些專業資訊，是相當受人敬重的神職人員。

嚕嚕米畢恭畢敬地讓個位給修女，甚至熱絡地開口詢問：「修女，妳要到幾樓？」

怎知，修女沒有開口，反而是一臉微笑地看著嚕嚕米，看得嚕嚕米一臉尷尬又納悶，只能抓頭看著其他三人。

怎知綠豆和阿啪兩人不知在何時縮到電梯最角落，臉色還不是普通的慘白，一副欲言又止的模樣，讓她一頭霧水。

另一邊的依芳則假裝看著貼在電梯牆面的布告內容，只有她的神情還顯得正常，但是似乎有意無意地躲避著兩人眼神的交集，這三個人讓她有說不出的怪異，又不知道哪裡出了問題。

正當嚕嚕米滿肚子的疑問時，她視線的角度正好看著自己的護士鞋，這一看……她再抬頭看看身邊一直不斷看著自己微笑的修女，額頭開始狂冒冷汗，現在心底浮現一個更大的疑問。

為什麼她和修女並排而站，她只看到一雙腳……

第十二章　修女事件（二）

嚕嚕米抬頭看向修女，她一樣微笑著，而且仍然緊盯著嚕嚕米。

嚕嚕米僵在原地，腦袋裡的所有思緒頓時停止運作，只感覺到電梯內蔓延著一抹陰森詭譎的氛圍，和一股若有似無的燒焦味。

這些學姐真是有情有義，一看他們的神情也明白，他們早就知道進來的修女不是一般人，竟然也不警告她一聲，逕自躲在角落裡發抖！

嚕嚕米緊貼著電梯牆，她那驚恐的表情活像是被卡車壓過的包子，明明想跟綠豆一樣的縮在角落，怎知手腳不聽使喚，除了繼續待在原地，她的腦袋真的想不出其他的辦法，只能在心中不斷地吶喊「拜託不要一直看著我」！

彷彿經過一個世紀，電梯終於「叮」了一聲，但是門還沒打開，修女的身體竟穿過電梯，一瞬間就消失在電梯的狹小空間裡。

「啊啊啊啊啊！」直到這時，除了依芳外，其他三人才找回自己的聲音，手臂也相當配合地胡亂揮舞，同時奔出電梯。

嚕嚕米跑向外面時，因為太過緊張，左腳被右腳絆倒，當場在依芳面前跌個狗吃屎，就算已經倒地，她還是盡責地繼續尖叫。

實在很難想像小叮噹可以在一瞬間翻滾、跳躍起身，嚕嚕米不但辦到了，而且以十足的馬力向前衝刺，毫不回頭！

人家都說當三個女人共處一室就可以吵翻天，現在她們的叫聲威力只差沒把依芳的耳朵震聾、把電梯震垮。

大家全都衝出電梯後，唯獨依芳神情自然，以平常的速度慢慢走出電梯。這樣的場面她見多了，並無特別，只是她有點納悶，像這樣的鬼魂，為何刻意在她們面前現身？

那位修女感覺起來並無惡意，照理說，鬼魂不能在人界現身，若是像阿啪運勢差或是綠豆的磁場問題撞見鬼魂，這倒還情有可原，沒道理連嚕嚕米都看得見，這一點實在令人想不透！

正當依芳凝神思索時，三人尖銳刺耳的尖叫聲又在她耳邊響起，她想不注意都不行，這三人不是早就跑回宿舍了？怎麼又回來了？

「依芳，我們還是跟在妳身邊比較安全，畢竟妳有神明護身，脖子還掛著護身符！」綠豆終於停下尖叫，站在她身邊喘著氣，顯然尖叫也要花很多力氣。

只見阿啪跟嚕嚕米跟在身後傻傻地點頭，依芳不著痕跡地長嘆一聲，看樣子這幾天她的日子絕不會好過。

「剛剛我們看到的是若平修女，我絕對不會認錯！」阿啪雙唇無法克制地發顫，又縮頭縮腦地跟在後面，看起來真的很像還沒進化的人猿。

這時點頭如搗蒜的綠豆也連聲附和：「我和阿啪都認得她，絕對不會錯！可是……她在一年前就因為一場火災意外喪生了！她以前是專門負責內科病房所有雜務的修女，自從她往生後，很多人都說見過半夜有修女在病房走動，沒想到竟然是真的！」

「那她就待在病房就好了，幹嘛到加護病房這棟樓來坐電梯？鬼不都可以飛天遁地，哪還需要坐電梯？」嚕嚕米還是抖個不停。

嚕嚕米說到重點了，顯然修女是故意在他們面前現身，否則她一年以來可能都待在病房徘徊，怎麼會突然出現在另一棟樓的加護單位？

綠豆屬於神經大條、生活上又慢半拍的個性，一站在依芳的身邊就顯得穩定多了，甚至大言不慚地拍拍阿啪的肩膀嚷著：「其實若平修女說起來也算是自己人，跟那個長得有夠醜的周火旺比起來，修女實在不算什麼，不用怕。」

怎知阿啪卻不以為然地看了她一眼，咬著牙吼著：「是嗎？剛剛妳不但叫得很大聲，還是第一個衝出電梯的人欸！」

「那個……那個……是妳們叫得很淒厲，我就跟著叫了嘛，這是本能反應啊！」綠豆抓抓頭，尷尬地笑了兩聲。

說實在的，除了依芳外，誰不跑？誰不叫？

四人在不知不覺中，已經回到宿舍，依芳站在自己的房門口，發現其他三人依然站在自己身後，一臉打算跟她進房的模樣。

「依芳……依芳……」綠豆的喉嚨又開始蹦出抖音，這一段日子的訓練，足讓她唱抖音，完全不費吹灰之力。

依芳轉頭看著他們三人縮成一團，一臉楚楚可憐地看著她，活像是三隻被丟在路邊的小狗。

「不行！」依芳意志堅決地搖頭，「我這人最重睡眠，妳們回自己的房間，阿啪學姐則是快點回家！」

「依芳……」阿啪的聲音抖得更厲害，頻頻吞著口水。

這時綠豆以非常非常小聲的嗓音說：「妳一定要讓我們跟著妳，因為我們剛剛發現，修女一直站在後面……」

在說大不大、說小不小的空間裡，每張病床周遭的機器不斷發出細微運轉聲，和偶爾響起的警告鈴聲，但是打從阿啪開始休假的那一天起，加護病房的大夜班顯然安寧許多。

坐在護理站埋頭寫著護理紀錄的依芳，卻是兩眼惺忪、一臉睡不飽的模樣，看上去比平常更為疲憊。

話說，那天修女跟在他們背後，其他三人像是無尾熊發現尤加利樹一樣的緊抓著依芳不放，阿啪更是打死不敢回家，雖然修女又「咻」一下地不見了，但是這三人卻死賴在她的房間不走。

若不是阿啪正好開始準備休長假，她的房間不可能擠這麼多人！不過阿啪卻打算放棄旅遊計畫，到廟宇入住，直到休假結束。

剩下那兩個人，誰也不肯單獨睡另一張空床（護士宿舍一間房最少兩張床），非要和她擠不可，歷經三天之後的相安無事，兩個人還是打算乾脆搬過來和她一起住！

但是兩個人整天緊繃神經，就連睡覺也一樣，一有風聲鶴唳，立即把她挖起來一探究竟，再這樣下去，她遲早因為睡眠不足而暴斃！

她一邊寫著紀錄，一邊打瞌睡，背後突然傳來嚕嚕米的聲音：「糟了，現在單位裡的中心靜脈留置針全都用完了，等一下馬醫師說要過來幫病人放置，現在要怎麼辦……」

阿啪放長假的這段時間，正好讓剛上線的嚕嚕米頂替，她開始緊張，等一會兒馬自達若是沒看到準備好的器械和留置針，鐵定又會被臭罵一頓。

綠豆倒是一臉無所謂，她太了解馬自達了，他就只會對新來的學妹下馬威，但實際上……他是個娘娘腔，一點也展現不出男子氣概！

「跟二樓借就可以啦！」依芳還沒察覺異樣，一派輕鬆地回答。

這時，沒有任何人答腔，空前的寂靜瀰漫著整個單位，依芳雖然精神不振，卻強烈地感受到四道炙熱的眼光正朝著她掃射，被人緊盯不放的感覺實在令人發毛！

「好啦！我知道啦！我下去借！」依芳乾脆舉手投降，她明白眼前這兩個膽小又俗仔的傢伙，經過上次在電梯裡發生的修女事件後，誰要在三更半夜獨自坐電梯？

相信他們也絕對不敢獨自一人走過四下無人的冰冷長廊，之後還必須走下黯淡無光又帶著陰森冷風的狹窄樓梯。

這段路，足讓他們發揮最寬廣的想像空間，不是懷疑有背後靈，就是感覺有人在耳朵吹氣，最後結果有七成以上是他們又轉頭回單位採取哀兵政策，到最後還不是要她下去？

與其如此，不如乾脆一點，也省事多了！

兩人一聽，鬆了一口氣的歡欣鼓舞，只差沒有列隊歡送！

看著依芳走出單位，兩個人繼續低頭寫著自己的護理紀錄，只是綠豆少了聒噪的阿啪，頓時覺得渾身不對勁，平時嫌她太吵，沒了她卻感覺這空間……似乎安靜得有點空虛。

「奇怪，筆怎麼沒水了？」綠豆有些心浮氣躁，拚命甩著手中的原子筆，但是怎麼甩都寫不字。

正當綠豆顯得氣急敗壞，突然有一枝筆遞了上來，綠豆想也不想地接過，隨口欣喜道：「嚕嚕米，謝謝妳！」

這時嚕嚕米轉過頭看著綠豆，「謝我什麼？」她一頭霧水地問著。

綠豆一聽到嚕嚕米的聲音來自另一邊的病床，離護理站還有一小段距離，她絕對不可能在這短短的幾秒鐘的時間跑到另一頭去。

綠豆幾乎是以分隔動作在挪動自己的身體，說實在她一點都不想抬頭，但又止不住心底的疑惑，想要一看究竟，又怕看見什麼不該看見的「東西」。

這一抬頭，果然看到了若平修女就站在自己面前，呃……正確的說，是飄在她的面前，修女依舊是微笑的看著她，卻一句話也不說。

「修～女～」綠豆從頭冷到腳的恐懼全化成從她喉嚨蹦出的悽慘尖叫，周火旺事件沒訓練到她的膽量，反而強化了她的喉嚨！

站在不遠處的嚕嚕米此時也瞧見穿著修女服的不明物體在綠豆前方飄動，頓時眼前一黑……竟然不是昏倒，而是緊閉著眼，趴在地上裝死！

算她反應夠靈敏，或許這招可以騙過修女鬼魂！嚕嚕米在心底暗中祈禱。

「修女，妳怎麼沒和上帝去喝茶？妳平時做人這麼好，應該在天堂過得很舒服，我跟妳真的不是很熟，妳不用特地下來看我，真的！」綠豆望著修女，拿出平時裝傻的絕招，每當這時……也只有綠豆還可以苦中作樂。

修女只是微笑，依舊什麼話也不說，但是綠豆卻納悶的發現，她眼底有著絕望的哀淒，渾身散發著有種莫名的悲痛，她實在搞不清楚修女到底想幹嘛……

此時空間、時間彷彿都凝結了，當她和修女大眼瞪小眼的同時，她發現地面上有個正在蠕動的不明大型物體，嚇得她兩眼發直。

綠豆不禁暗忖這修女的道行有這麼高嗎？竟然還有專屬招喚獸？

……奇怪了，為什麼這物體不斷地朝著單位大門前進？

再仔細一看……這不是蓋在病人身上的被單嗎？

她才機警地察覺，那是披著病人被單、正準備逃出單位的嚕嚕米！

綠豆原本還擔心她的安危，沒想到她竟然還有力氣在地上爬，看樣子，嚕嚕米一點都不需要擔心！

此時不跑，更待何時？

綠豆一跨步，飛快地躍過還在地上匍伏前進的嚕嚕米。

至於嚕嚕米，早就聽到腳步聲，二話不說地扯開身上的偽裝，尾隨在綠豆屁股後面狂奔。

眼看綠豆準備打開單位的大門……

「學姐，等等我！」嚕嚕米在後面大叫，這回已經不像是被卡車輾過的包子，而是像被踩過的本壘板！

綠豆沒時間觀賞，也笑不出來！

正在準備打開大門的瞬間，修女的臉卻從大門上冒出，兩人與修女超近距離接觸，兩人嚇得倒退好幾步，連喉嚨都像是上了鎖一般發不出聲音。

門上的修女臉孔漸漸擴大，只是一直對著他們微笑，但是漸漸浮現出的無頭身體，卻越來越近……

第十三章　修女事件（三）

隨著修女的無頭身體越來越逼近，兩人雙腿不住地抖動，一想到大門已經被修女封死了，這下子該怎麼逃出去？

最該死的……就是依芳，為什麼去那麼久還沒回來？她跑去摸魚了嗎？綠豆在心底哀號。

隨著修女逼近，兩人跌坐在地，只能屁股著地地倒退移動，不是不跑，是兩人沒了動力，雙腳完全使不上力！

眼看著無頭修女節節逼近，嚕嚕米突然爆出一聲……

「阿母！」

嚕嚕米的嗓門和綠豆比較起來一點都不遜色，顯然也是驚天地泣鬼神的崇高等級。

綠豆一臉錯愕地轉頭看著嚕嚕米，沒好氣地問：「這時候叫妳媽做什麼？」

「因為我一時想不起來有誰可以叫嘛！」嚕嚕米雖然看起來虛弱無力，卻還記得回嘴。

綠豆挫敗地想，要叫應該也是叫依芳比較管用吧？雖然平時兩光歸兩光，但是關鍵時刻有她在還是比較安心，偏偏單位的隔音效果要命的好，現在好了，連要呼救都沒機會！

「不如我們報警吧！」嚕嚕米像是找到一線生機而開心地嚷著，眼睛還是不敢從無頭修女的身上移開。

若不是現在時機不對，綠豆真超掐住嚕嚕米的脖子，她似乎可以明白依芳當時和自己對話的心情了。

「叫警察來幹嘛？抓鬼嗎？到時是我們被送進隔壁棟的精神病房！」綠豆還有力氣回答，只是腿就是使不上力，站不起來啊啊……

嚕嚕米已經想不出其他辦法，眼看自己和無頭修女的距離不斷拉近，早已拉警報的淚水就要奪眶而出……

這時，大門猛然被踹開，依芳就像是天神降臨一般地出現在兩人面前。

此時兩人眼中的她，就像電影中的英雄，不但所有的聚光燈都打在她的身上，耀眼的讓人睜不開眼睛，她的周遭似乎還帶著一股強勁氣流，讓她的綁著馬尾的髮正緩緩飄動。

綠豆和嚕嚕米熱淚盈眶，雙腳不知何時恢復力氣，紛紛跳起來躲到依芳身後。

「我就感覺磁場不對，果然妳又出現了！」依芳這回顯得相當不客氣，本來各個空間都有不同的靈體，只是大家彼此尊重，互不干涉彼此的空間，現在這修女一而再再而三出現，似乎太超過了！

依芳上前一步，已經回復完整修女模樣的鬼魂驚恐地退了一大步，顯然她很怕依芳。

也就是說，她只不過是飄蕩在人世間的孤魂野鬼，對於長期受到神明保護的依芳有著絕對不能靠近的禁忌。

「妳到底想做什麼？我敬重妳生前是神職人員，照理說妳應該受到上帝的寵召，回歸天上，如今妳不但犯了戒律，還裝神弄鬼嚇唬他們，妳以為這樣很好玩嗎？」

依芳似乎越來越有天師的氣勢，一臉正氣凛然，彷佛散發著莊嚴神聖的光芒！依芳，簡直是居家活動的最佳良伴，外出旅遊的頭號首選啊！

現在的情勢截然不同，依芳不斷逼近，修女不斷後退，依芳盛氣凌人的架式讓修女毫無招架之力，只是修女卻沒有逃開，只有不斷後退，甚至眼眶含淚。

「妳到底有何企圖？妳說啊！說！」

這時修女張開了嘴，蒼白的唇瓣不住地閉合，似乎急著想說話，卻什麼聲音都發不出。

依芳見狀，突然沒了氣勢地搔著頭，一臉尷尬地轉頭對著兩人說：「糟了，我長這麼大，還不曾和鬼魂溝通過……我根本不知道她在說什麼。」

「怎麼可能？妳阿公是天師，妳又有陰陽眼，之前還跟周火旺對話，現在居然說妳聽不到？妳要我們嗎？」綠豆尖叫著，現在若是不趕快搞清楚修女到底想做什麼，這樣三天兩頭就無端出現在自己面前，遲早有一天會被活活嚇死。

依芳無奈地聳聳肩，急著蹙眉搖頭否認，「我有陰陽眼，又沒陰陽耳，當初周火旺是惡鬼，集聚了許多能量和我們對抗，當然聽得見他的聲音。

「現在修女不是惡鬼，就算帶著怨氣，也只是一般鬼魂。妳知不知道我花了多少時間將這些不屬於我們世界的朋友當作空氣，我怎麼可能沒事上前和他們打招呼？何況，別忘了我的磁場和神明相近，這些東西能躲就躲，絕不會靠近我！」

「現在怎麼辦？」嚕嚕米同情地看了前方的修女一眼，此時的修女看上去徬徨無助，甚至開始默默地落淚，「怎麼感覺她似乎有什麼委屈或冤情啊？」

她怎麼會知道！依芳在心中悲嘆，回頭看了修女一眼，頓時浮現很不好的預感，感覺自己又要被捲入事件裡了。

這時修女比著自己的脖子，頓時呈現全身冒著熊熊火焰，靜靜地任由火焰燃燒，不一會兒竟然全身焦黑，身上毛髮被燒個精光，渾身還冒著白煙，看上去就是一具焦屍。

此時的修女不但看不清五官，全身上下沒一處是完好的肌膚，當三人目瞪口呆之際，修女的頭顱竟然在下一秒倒掛在脖子上，顯然頭顱和脖子只連著薄薄一層皮。

看著搖搖欲墜的頭顱，嚕嚕米忍不住一陣乾嘔。綠豆則張著嘴，半天說不出話來，這輩子她最愛看驚悚片了，但看到真實畫面，真的有種說不出的毛骨悚然……

唉呀！綠豆頓時驚醒過來，現在不是感嘆畫面恐不恐怖的時刻，而是應該擔心如何處理目前狀況吧！

依芳心煩意亂的兩手抓亂了一頭的髮，喃喃囔著：「天呀！我最痛恨比手畫腳和看圖說故事，她到底想說什麼啊？」

雖然猜不出她的表達，但是三人卻看得出來，她死的很慘，顯然她相當強調自己的頭斷了！

「修女當初不是被火燒死的嗎？怎麼會斷頭？她是不是想跟我們說她的死因不

單純，可能……可能……死因不全是因為火災？」嚕嚕米倒是機靈多了，馬上猜起修女想表達的意思。

這時綠豆推開兩人，刻意清了清喉嚨，朝著修女喊著：「妳是想告訴我們，妳的死因不單純嗎？」

這一喊，修女又回復原本的模樣，她的神情似乎沒有任何的變化，只是哀怨地看了他們三人一眼，竟然又「咻」一下地消失了蹤影。

「這是怎麼回事？她到底是不是這意思？就算發不出聲音，好歹可以點頭或搖頭啊！」綠豆忍不住嘀咕著，感覺朝著鬼魂大喊的自己像個笨蛋。

依芳卻搖著頭道：「看樣子，她應該也聽不到我們的聲音，畢竟我們的空間不一樣！」

現在他們反倒不覺得修女可怕，反而帶著一點同情，只是希望她下次出場可以平常一點，最好不要無聲無息，尤其千萬別變身成焦炭的模樣，否則再大的膽子都會被她嚇破！

在他們靜下心來討論這件事前，依芳突然全身顫抖起來，嚕嚕米和綠豆見狀，又是一陣狐疑，難道修女又繞了一圈跑回來了嗎？

「學姐……」依芳的嗓音有著顯而易見的恐慌，她手指著大門，哭喪著臉嚷著，「明天阿長看到被我一腳踹飛的大門，會不會殺人啊？」

呃……看著倒在單位門口的門板，綠豆能體會依芳為什麼這麼害怕了。發飆的阿長，真的比任何妖魔鬼怪還可怕……

當時鐘指向八點，大夜班的三個人急忙準備下班，只可惜當護理長一看到殘破的門板，臉色鐵青地教訓了三人好一會兒才放人。毫無疑問的，依芳始終沒飽過的荷包，又破了一個超級無敵大洞。

依芳慘叫連連，走回宿舍的途中甚至不斷計算著每個月該如何運用少得可憐的生活費。

三人走在長廊上，依芳不止為了賠償一事而臉色難看，而且這幾天的睡眠不足已經快將她逼向崩潰邊緣。她實在很想找機會大睡一覺，前提是必須先將綠豆和嚕米踢出她的房間！

「依芳，妳說我們要不要去看看當初修女發生意外的地方？或許修女真的有什麼話想跟我們說！」綠豆雞婆又好管閒事的個性，八成投胎好幾輩子也改不了。

拔刀相助是她的個性，但是往往她一拔刀，就是雞犬不寧的開始。

沒想到怕鬼怕得要死的嚕嚕米竟然也點頭附和，「我也覺得事情好像不簡單，修女可能真的需要幫忙！」

依芳已經睏得想直接倒地就睡了，這兩人倒是精力充沛！為什麼她們可以說得這麼輕鬆？幫忙有分對象，幫人跟幫鬼，可是天壤之別！

「這回我幫不了，第一，修女是神職人員，我沒辦法請鬼差來帶她，第二，她想伸冤應該是找警察，我們能幫上什麼忙？」

「依芳，妳這樣說真無情，為什麼鬼差大哥不能幫修女？說到鬼差大哥，或許我們可以找他來，鬼差跟鬼魂總能溝通吧！」綠豆頓時又顯得興致勃勃，一想到玄罡，她的眼睛都亮了。

怎知依芳卻連忙厲聲阻止：「妳還敢找他？妳知不知道叫他一次有多貴？我們好不容易才付清上次的價碼，我可沒有多餘的錢買銀紙了。何況修女屬於天主管轄，照理說也應該上天堂，跟鬼差無關！」

好複雜，鬼魂也分宗教嗎？嚕嚕米一時想不透。

「我不知道該怎麼解釋才好，但我曾經聽我阿公說過，這世界上的確有五大教派的存在，佛教和道教一派、天主和基督教一派、回教、魔教等等，剩下一教有夠冷門，我不記得了！這些教派的神祇除了魔教外，一向是和平共處，因為目的都是教人為善，教義互不牴觸，所以人類的信仰也會導致死後各自的去處。如果真是如此，鬼差沒有權限可以帶走修女，尤其她是天主教的神職人員！」依芳疲憊地解釋著。

綠豆和嚕嚕米似懂非懂地點點頭，但依舊無法澆熄兩人對這件事的熱情，正確地說……應該是對這件事的好奇，總覺得非把事情搞清楚不可！

「依芳，我知道妳很想睡覺，不過妳仔細想想，如果不幫修女的忙，她就會一直出現，我們就一直賴著妳，妳就永遠沒辦法好好睡覺。不如妳出馬解決修女的難題，她開心了也就不會出現，這樣我們也可以安心，妳不就可以好好地睡？」嚕嚕米終於說出比較有建設性的提議，不過怎麼聽起來有點半威脅的感覺？

人家總說和鬼怪相處太久，運勢會變差，看起來她也被身邊的兩隻麻煩鬼纏上了，實在難以脫身，依芳忍不住翻白眼而懊惱地想著。

她二話不說，立即轉身往反方向走去，看樣子她似乎打算先到內科病房。

嚕嚕米和綠豆立即歡天喜地地跟上，就在這時，修女又出現了。走在最前頭的嚕嚕米煞不住車，直接穿過修女的身體，一股前所未有的涼意直竄腦門不說，連五臟六腑都有被放入冷藏室的錯覺。

「天啊！」嚕嚕米又是一陣慘叫，連忙身出兩根食指，狼狽地兩指交叉，嘴裡還不斷嚷著，「天主教要驅鬼時，應該是喊哈里路亞吧？還是喊聖母瑪莉亞？」

綠豆一見嚕嚕米的反應這麼激烈，立刻學起在電視上所看到的畫面，連忙在自己身上劃著十字，一時之間還認真地思考起怎麼回答嚕嚕米。

「我看電影都是拿蒜頭，現在去哪裡找蒜頭？」綠豆相當淒厲的嗓音劃過寂靜的長廊，但隨即又趕著回答，「蒜頭好像是對付吸血鬼，對付修女有用嗎？」

這個嚕嚕米怎麼可能知道？她只知道史上最恐怖的鬼就是貞子，電影又沒演過死後的修女，更沒有所謂的教學影片，她平時連鬼故事都不敢聽，會知道如何對付才有鬼……錯！現在的確有鬼！

綠豆和嚕嚕米拚命後退，一見到修女咄咄逼人地靠近，腦中一片空白！

依芳看著身邊兩人嚇成這樣，心想剛才不是義正詞嚴地說要幫忙，現在為什麼是這副模樣？

「你們兩個……」依芳頻頻嘆氣，對於這兩個想幫忙卻又膽小的同伴，她實在不知道該說什麼好。

這時修女的臉上仍掛著相當悲淒的笑容，她刻意和依芳保持距離，然後無聲地飄向內科病房的方向。

「感覺她好像要帶我們去哪裡，我們跟上吧！」依芳看了他們兩人一眼，快步跟上修女的移動速度，直到修女停下來為止。

當眾人停下腳步，只見修女哀怨地指著前方，三人順著方向看去，除了另一名修女正在整理棉被外，並無其他人了。

「難道她是要我們去找那位修女？」綠豆大膽地猜測，人卻很沒用地躲在依芳背後。

依芳雖然一臉納悶，但隨著他們的前進，鬼修女竟然又無聲無息地消失了，也讓嚕嚕米和綠豆鬆了好大一口氣。

「那是若心修女，我認得她，以前和若平修女同個單位的！」綠豆一眼就認出來。

「若心修女，早安啊！」綠豆笑咪咪地走上前，在這小小醫院裡，聒噪又多事的綠豆，很少有人不認識她，包括眼前的修女。

若心修女同樣笑著打招呼，她看起來比若平修女豐腴一些，但是也蒼老不少，不過有著一般人少有的寧靜神態，這是若平修女所沒有的，兩人唯一的共通點，是臉上那抹神聖的慈祥。

「若心修女，其實我們是想跟妳打聽有關若平修女事！」綠豆單刀直入地表明來意，以她的個性，根本不懂拐彎抹角這四個字怎麼寫。

然而若心修女一聽到這個名字，頓時臉色一變，許久都說不出話來，直看著三人好一會兒，才吶吶問著：「你們問這些事做什麼?若平修女已經上了天堂，讓她好好安息吧！」

方才一直站在後方的依芳卻站上前，直視著她，鏗鏘有力地說著：「相信我，她不在天堂，也無法安息！」

怪談病院
第十四章　修女事件（四）

若心修女不明白依芳為什麼這麼肯定，但看著她的眼神，似乎一點也不像在說謊。這一年來，她心中一直存有疑慮，只是不知從何說起，為何這時候卻出現了眼前這讓她說不出是懷有好感、還是恐懼的女孩？

若心修女顫巍巍地頻頻深呼吸，她不知道是不是該相信眼前的女孩們，「妳們為什麼這麼肯定？」

面對若心修女的疑慮，依芳正色道：「我們是受到聖母瑪麗亞的指引，前來引導迷途的羔羊。」她胡亂說著在電影中看到的臺詞。

這是什麼回答？綠豆和嚕嚕米瞪大了眼，沒想到看起來忠厚老實的依芳，虎濫起來也是面不改色，和臉皮厚到連核彈都打不穿的綠豆有得拚。

不過這種鬼理由，誰會信啊？

這時，若心修女頓時熱淚盈眶地點點頭，對著依芳拿起胸前的十字架，虔誠地親吻著，「親愛的聖母果真顯靈了！果真派他的使者前來，願能洗清吾等的罪惡，還以潔淨之身。」

不會吧？綠豆和嚕嚕米的眼珠子差點沒掉下來，看著若心修女如泣如訴，霎時真不知該讚許依芳的演技一流，還是修女實在過於相信人性啊？

「其實，若平修女在出事前幾天一直心神不寧，好像心事重重的模樣，我問她卻什麼都不說。沒幾天後的一個夜晚，她的宿舍就失火了！警方報告裡說若平修女因為在睡前有吃安眠藥的習慣，導致失火時仍然昏睡而無法逃出火場。

「我覺得很奇怪，出事的前一個小時，她還跟我一起禱告，那時我還看見她的脖子上掛著十字架，但是出事後，我卻怎麼也找不到，那個十字架相當珍貴而獨特，是她母親特地為她訂做的，她不可能會讓十字架離開自己的脖子！」

掛在脖子上的十字架？如果頭斷了，十字架自然也掛不住了……三人面面相覷，似乎想著同一件事。

若心修女擤著鼻涕，一臉愧疚，「我心中總覺得不舒服，所以我有跟約瑟神父提及，他卻跟我說可能是掉在火場裡，裡面的東西都燒成焦黑，找尋也不容易，我就沒多說什麼了。只是……當聽見不少人說看過若平修女在病房穿梭，我心裡就是覺得不踏實。」

綠豆、嚕嚕米和依芳看著若心修女的悲泣，遠遠一端也看見飄浮空中的若平修女在哭泣，寂靜的空間裡只有斷斷續續的抽泣聲，和似乎永無止盡而觸碰不著的傷痛。

見到這樣的場面，縱使三人再怎麼不正經，也被這股氛圍感染了，忍不住面露傷感，嚕嚕米更是不爭氣地抽抽噎噎起來。

由此可知，若平修女特地引他們前來找尋唯一認為有疑點的若心修女，顯然她的確想證實自己不是死於簡單的火災意外。

若真是如此，事情更棘手了！

好不容易安撫了若心修女的情緒，三人隨即往宿舍回去，順便討論這件事。

「所以若平修女會出現在我們面前，是想找我們幫忙伸冤！」又是走在管制的長廊，嚕嚕米煞有其事地分析著。

這時綠豆也喃喃嚷著：「伸冤？這是不是表示整件事還有幕後黑手？修女很可能是被殺死的，然後被布置成意外，很多推理漫畫都是這麼畫的！」

這是她的猜測，卻很有可能。一般伸冤可不像是要求燒紙錢或是祈求帶回家這麼簡單，這表示他們必須找出所有可疑之處，否則在這之前，他們將會受到修女決不罷休的糾纏。

這可讓依芳一個頭兩個大，為什麼偏偏找上他們？她對於這種事一向不拿手，何況他們只不過是醫院裡面的小護士，能力實在有限的可憐，何況此事若真的還有其他人牽涉其中，怎可能是他們所能應付的？

何況，她對於玄學兩光不說，對於推理根本是白痴，怎麼感覺自己就像是一部演到一半的脫線驚悚片，頓時轉型接演智慧型推理劇？但是……打從懂事起，她就和智慧兩字扯不上邊！

她長嘆一口氣，不明白為什麼她才剛遠赴異鄉，就遇到這些麻煩事，難道不能讓她當個只需要擔心被學姐電到頭髮起捲毛的平凡小護士就好嗎？

「除了十字架，什麼線索也沒有，這樣我們怎麼找啊？若是修女可以說清楚就好了，省得我們在這邊猜個半死！」嚕嚕米一臉惆悵。

俗話說，心誠則靈，修女的身影又慢慢地出現在長廊上，感覺她似乎想帶著她們到另一個地方去。

「啊啊啊啊！」依芳無奈地吶喊著，難道她今天又不能睡了嗎？

她認命地走上前，嚕嚕米和綠豆則是小心翼翼地尾隨在後，不知道這一回修女要帶她們去哪裡。

「依芳，妳說修女既然可以出現在我們的面前，為什麼她不找教會的人來幫忙？起碼那些人都是修女生前的朋友啊！」嚕嚕米小小聲問著，就怕被修女聽到，一時忘記修女根本聽不到她的聲音。

依芳想也不想地回答：「她現在是遊蕩的亡魂，不管是什麼教派的亡魂，對於聖潔之處還是有所忌諱，教會再怎麼說也是神聖的地方，她的朋友全都是神職人員，她怎麼靠近？修女一看到我也是閃得老遠，若不是綠豆學姐的磁場和她很相近，否則她應該不至於找我們幫忙！」

這麼說來，真正的媒介是綠豆？綠豆無聲而錯愕地指著自己，頓時頭皮一陣麻，原來修女是因為她的關係才找上門來，這麼說，她跟頂樓的避雷針有什麼不同？

這樣的說法，讓綠豆不禁為自己的未來感到擔憂，雖然她喜歡交朋友，但她希望是有血有肉、不會飄浮在半空中的朋友，以後萬一身邊沒有依芳，她要如何和這些老是把她嚇得半死的孤魂野鬼相處？

此時，修女帶了好長一段路，終於在一扇門前停了，緩緩地用手指著那扇門，依芳三人卻搞不懂這是什麼涵義。

這時，修女的神情似乎顯得相當急切，不斷比著門，似乎在催促她們上前。反觀修女卻停在那邊不再前進，一臉焦慮。

「她是不是要我們進去裡面啊？」嚕嚕米在兩人的耳邊竊竊私語。

怎知，綠豆卻是駭然地盯著依芳，以低到不能再低的氣音說，「我們如果闖進去被抓到就死定了，這可是院長約瑟神父的辦公室……」

約瑟神父的辦公室？修女帶他們來院長的辦公室做什麼？三人實在很難理解修女的行事風格，尤其看她似乎急著要他們進去一探究竟。

這時嚕嚕米賊頭賊腦的四下張望，眼看著四下無人，連忙嚷著：「你們別忘了今天是假日，一般行政人員都不用上班！」

嚕嚕米這一提醒，大家才想起來今天是星期日，因為護士們的工作一向是排班制，生活作息和一般朝九晚五的上班族不一樣，所以不會特別注意一般假日。

認知到這件事，讓綠豆的精神大為振奮，但是依芳總是實際地讓人覺得不符合她的年紀，她第一個跳出來潑冷水，「就算今天是假日，也是要有鑰匙才能進去啊！」

話一說完，辦公室大門竟然「喀」一聲，緩緩開了一個小縫。

三人抬頭一看，只見修女還是慈祥地微笑著，顯然是修女動的手腳。

他們連忙用最快的速度衝進辦公室，順手鎖上門，以免被路過的人發現異狀。

三人一進辦公室，卻頓時沒了頭緒，不知道自己進來的計畫到底是什麼。

依芳瞧著辦公室的格局，以一般醫院的行政單位來說，這間辦公室還稱不上豪華，卻布置得相當乾淨簡潔，沒有多餘擺設，只有放置許多存放資料和書籍的木製書櫃，再看著擺放在辦公桌前面的相片，是一名身穿黑色神父服裝的中年男子，微禿的腦袋加上微凸的肚子，果真相互輝映，只是出乎意料的竟是這名神父竟然是黑頭髮黑眼珠。

院長的辦公桌上應該不會擺著其他男人的照片，依芳猜這應該就是約瑟神父。

「我一直以為神父都是外國人！」依芳小小聲地提出疑問，在工作的這一段期間也遇過一兩位神父，全是褐髮碧眼，這位院長倒是從來沒見過。

「約瑟神父是韓國華僑，聽說後來到美國留學，當神父之前還是一名外科醫師，後來因為信仰才加入神父一職，妳也知道這裡是天主教醫院，當具備兩種身分的時候自然吃香！而且神職中很多都是臺灣人，妳看修女們全都是臺灣教會的姐妹，根本不分國籍。」綠豆娓娓道來，這些事情一點都難不倒她。

三人正仔細觀察辦公室的擺設之際，門外傳來一陣平穩而細微腳步聲，每一步都刺激著三人的神經末梢，每一步都加速著心臟的跳動，三人的臉色瞬間刷白，開始冒著冷汗，不禁猜測到底假日誰會出現在這裡？

這附近有只有院長辦公室，腳步聲的主人若不是經過，就鐵定會走進這間辦公室。

三人不由分說開始找地方躲起來，慶幸這間辦公室裡面的巨大木製書櫃下方有著置物櫃的設計，對三個人來說空間小了一點，但是勉強擠擠，還是可以容納。

隨著腳步聲越來越接近，時間實在刻不容緩，沒辦法再找其他的藏匿地點，三人硬是擠進這個狹小的空間。

「修女把我們害慘了，我們實在不該聽她的話，你們都不知道我媽的厲害，萬一我被炒魷魚，我媽一定會把我殺了丟進大海餵鯊魚啦！」綠豆低聲哀號道，拚了命地想把屁股挪進去一點，這空間對她而言，實在小得太過分了，以為她有軟骨功，可以伸縮自如嗎？

當三人全都縮成球狀地窩在置物櫃裡，聽見了開門的聲響，顯然有人走了進來，腳步在辦公室裡揚起清脆的聲響，每一步都足讓三人的呼吸頓時停止，尤其當腳步聲漸漸逼近置物櫃，感覺心臟活像是按了快速鍵一樣地搏命演出，只差沒從喉嚨裡跳出來。

當腳步停留在置物櫃前方，嚕嚕米已經感到腦袋缺氧，幾近崩潰的無法呼吸，正好這時門外又傳來一陣腳步聲，聽起來很像是高跟鞋用力踩在地板上的腳步聲。

「約瑟神父！」隨著開門聲響之後，傳來一聲嬌嗔，頓時讓人渾身雞皮疙瘩掉滿地。

這是女人的聲音！！綠豆好奇地將眼前的置物櫃門板推開一點小縫，她的角度正好瞧見門口方向，眼前是一名身材豐腴、年約四十多歲的矮小女人，顯然她的皮膚保養得不是很好，臉上細紋多得可以補蒼蠅了。

她不就是院長祕書鍾愛玉嗎？綠豆在心底驚呼，這女人平時最愛狐假虎威，不但講話尖酸刻薄，而且總愛在大家的面前擺架子，聽說朝令夕改的行政命令都是看著她的喜怒而變更，常常因為她的一句話，把下面的人搞得團團轉。

這兩個人有這麼熱愛工作嗎？不惜犧牲假日的歇息時間也要前來辦公？嚕嚕米也擠過來瞄一眼，心底有無限疑問，不明白兩個人為什麼在這時出現。

「寶貝，妳終於來了！」神父的聲音在辦公室裡迴盪，盪進三人的耳裡。

「他剛剛喊寶貝嗎？」綠豆冒著生命危險，用非常細小的氣音詢問。

在微弱的光線之下瞧見兩顆人頭不斷點頭，這裡沒有任何人聽錯，神父的確叫鍾愛玉一聲寶貝。

這到底是怎麼一回事？神父可以這麼喊嗎？神父不是終身獨身的神職人員嗎？

正當三個人一臉疑惑的當下，綠豆差點尖叫出聲，因為她看到鍾愛玉撲上去野蠻地抱著神父，而且誇張的連雙腳都夾在神父的腰際，臉上那瘋狂的神情就像一隻猛獸，不斷狂吻著神父的唇，簡直大膽狂野到了極點……

「我的媽啊！」三顆頭顱全擠在門縫前，不敢置信所看到的一切。

眼前兩人像是被鬼附身一樣扭動自己的身軀，再不斷扯開對方的衣服，嘴裡還呼喊著寶貝。

三個純潔無知的少女看得臉紅心跳，卻湧上一股噁心感，尤其當看見神父的手正撫著鍾愛玉那布滿橘皮組織的大腿，差點無法克制地乾嘔起來。

哎呀，現在到底是什麼情況？原本驚悚片轉型推理片，現在竟然變成低俗不堪的三級片？這下子回去真的會長針眼……不！是眼睛會瞎掉！依芳在心底哀號著。

「神父是禁欲太久，所以什麼菜都吞得下去嗎？」嚕嚕米實在忍不住低聲說著，反正外面那兩個人正以不要命的音浪鬼吼鬼叫兼呻吟，這樣的音量應該聽不見，也沒多餘心思注意。

他們仗著今天是假日，辦公室位置又比較偏遠，再加上每間辦公室都有隔音設備，簡直就是偷情的最佳場地。

辦公室裡盪漾著旖旎春色，綠豆雖然對於A片帶著一小部分的興趣，但是一見到主演的兩位主角實在一點都不上相，心底只有莫名厭惡，一點也提不起觀賞的興致。

三人沉默而痛苦地忍受著外面所傳進來的聲音，心想只要熬過這段時間就自由了，只要在忍耐一下就好了！三人不斷給自己精神安慰，但外面兩人的熱情似乎沒有冷卻的跡象。

空間裡除了喘息聲、呻吟聲和喊叫聲之外，別無其他，偏偏這時候……

「噗！」

置物櫃裡突然傳來一聲響屁，就算是外面那對男女鬼哭神嚎也蓋不住的響屁。

綠豆帶著罪惡感的眼神不斷致歉，嚕嚕米和依芳恨不得掐死她。

此時，外面的喊叫聲陡然停止，辦公室又回復一如往常的沉寂，三人的心跳也跟著無限加速……

第十五章　修女事件（五）

置物櫃外讓人感到駭然的寂靜迅速蔓延著，打從心底湧現的恐懼徹底擄獲了三人僅有的神智，猶如龍中鳥的她們根本無處可逃，這下子豈不是羊入虎口？

雖說人生不如意十之八九，這響屁也未免來得太不是時候了吧！

尤其她們發現了非同小可的祕密，當事者有可能會輕易放過他們嗎？只怕開除事小，丟命事大，難保對方不會殺人滅口！

極度驚駭的狀況下，依芳腦海中所浮現殺人滅口這四字登時讓她猛吸一口涼氣，難道……修女就是發現這個天大的祕密，所以慘遭殺害？

這就是修女引導他們進來這間辦公室的原因嗎？這有可能嗎？

依芳的腦中一片混亂，畢竟要在這麼緊張的狀態下思考是件相當不容易的事，尤其當她聽見辦公室內又揚起腳步聲，只是這腳步聲顯得小心翼翼，而且帶著隱隱的沉重和不確定。

這時誰都不敢出聲，就怕連呼吸都會暴露了自己的存在。只是當三人確定腳步聲漸漸靠近置物櫃，四肢感到前所未有的無力，無法克制地發顫著。

神經相當敏銳的依芳甚至已經感覺到外面有人將手放在置物櫃的手把上，此時腦中不斷思索著該如何反擊，即使被發現了也絕對不能壯烈成仁，她可是擁有大好前程的優秀青年，說什麼也不能無故犧牲。

可惜，她根本什麼辦法都還沒想到，她已經從小小的門縫中瞧見一抹壯碩的陰影停留在前方，眼看置物櫃即將被打開……

「鈴鈴鈴鈴鈴鈴鈴——！」一陣相當急速而刺耳的警鈴聲傳來，不但穿過這一室的寂靜，也劃破整棟醫院大樓慣有的安寧。

這是火警警報器？這警鈴來的真是時候！

「警報器響了？我們必須快點離開，否則等一下警衛必定會先過來這裡查看！」神父的聲音隔著置物櫃的單薄門板急促響起，顯然這警報聲讓他亂了頭緒，無論如何他也不能冒著被人發現的風險繼續留在這裡。

約瑟神父和鍾愛玉匆忙地整理自己的儀容，並且在最快的時間之內離開了辦公室，頓時室內又回復往常靜謐的氣息。

確定兩人的腳步聲遠去後，仍然躲在置物櫃的三人仍然受到不小的驚嚇，不是在胸前畫十字，無聲默念感謝主，就是雙手合十，感謝上蒼眷顧。

三人狼狽地從置物櫃中爬了出來，綠豆更是眼眶含淚，喃喃嚷著：「媽呀！我本來以為自己死定了，嚇得我這顆綠豆都快冒芽了！」

嚕嚕米鬆了一口氣地笑了出來，她這輩子還沒經歷過這種事，這簡直比坐雲霄飛車還要刺激上百倍，不過這樣的刺激，她可不想再來一次！

依芳最後一個爬出來，她正準備出聲要大家趕快離開的同時，卻發現她趴在地板上的角度，似乎瞧見在角落的沙發底下有著微微閃光。

依芳平時最不愛冒險，也不喜歡多管閒事，但是這微量的銀光卻吸引了她的注意力，她快步走到牆角，伸手在沙發底下摸索，果然觸到一個小巧而冰涼的金屬物品。

她不由分說地使力拉出，當她放手一看，不光是她，身後兩人也不約而同地猛吸一大口氣。

那是……帶著污濁血漬的十字架，上面的血漬早已凝固，呈現烏黑又帶著隱隱血腥味的十字架！

「這該不會就是若平修女的十字架吧？」嚕嚕米臉色又刷上一層白，天下真有這麼巧的事嗎？

「我們先離開再說，免得被人發現就糟了！」依芳將十字架放在口袋裡，急忙打開辦公室大門兩頭張望，確定四下無人，以自認最快的速度奔向宿舍。

三人直奔依芳的寢室後，確定安全才敢放心地大口喘氣。

「真沒想到約瑟神父是這種人，鍾祕書的兒子都已經讀高中了，怎麼能做出這種事？再怎麼說他也是神父，天主教怎能容許一個神父這麼不知檢點？」嚕嚕米一邊喘氣，一邊嚷著。

「先別牽扯他的身分是神父，就算是神職人員，他也不是神，這單純是他的個人行為，千萬別牽扯宗教。醫院裡很多神父和修女真的很熱心地為病患服務，其實大多數的神職人員都把自己奉獻給上帝，的確是相當神聖而不容易的，現在各行各業都有害群之馬，不能以偏蓋全！」依芳順了順氣，坐在自己的床沿，「只是我認為整件事似乎不止姦情這麼簡單，一定和修女有關，我猜測……會不會……事跡敗露，所以殺人滅口？」

殺人滅口這四字一旦說出口，房內又是一陣令人不安的沉默。看著依芳從口袋裡拿出來的十字架，心底恐懼不禁油然而生，如果依芳的猜測沒錯，那麼她們可能面對著凶殘的殺人凶手，而不是一般的簡單人物。

也就是說，如果繼續追查，最後可能會有生命危險——如同當初的若平修女。

平時話最多的綠豆當然免不了要說個幾句：「不會吧！他們兩個只不過是搞外遇，有必要搞出人命嗎？而且……神父怎敢當著上帝的面前殺人？這不可能！」

嚕嚕卻蹦出幾句：「他都敢當著聖母的面表演活春宮了，還有什麼不敢的？他的辦公室裡的牆上高掛著十字架，旁邊還有聖母的雕像呢！」

這也難怪為什麼若平修女不敢靠近那間辦公室，如果關鍵人物的確是約瑟神父，想必他也是隨身攜帶十字架，如同其他的神職人員，若平修女的確無法接近神父一步。

嚕嚕米這幾句話堵的綠豆久久說不出話來，現在證實約瑟神父所做的事都不符合教規，實在不能把他歸為神父一職，未來他會做出什麼事，實在很難理解。

「依芳，現在該怎麼辦？我們發現了十字架，又發現約瑟神父的祕密，妳覺得我們應該繼續嗎？」綠豆轉頭看著依芳。

怎知依芳卻早已在床上躺平，甚至蓋好被子了。她轉頭看了綠豆一眼，敷衍道：「這個問題我要好好思考一下，請妳們安靜地讓我想想！」

綠豆一眼就明白她心裡在打什麼主意，沒人比她的睡功更厲害了，別人會因為壓力或煩惱而失眠，依芳絕對不會，她此生最大的壓力和煩惱就是睡眠不足，例如她現在躺下還不到十分鐘，已經開始傳來輕微的鼾聲。

此時，嚕嚕米也開始覺得一陣倦意襲來，忍不住打著呵欠，也慢慢走向自己的床鋪，才一躺下……修女的臉又浮現眼前！

準備跟隨依芳去會周公的綠豆正想為自己找個位置，卻發現修女的蒼白臉孔出現在嚕嚕米的正上方，幾乎已臉貼臉的姿態，平行的飄浮在嚕嚕米的身體之上，嚕嚕米甚至感覺到她根本不會呼吸的鼻孔裡所散發的極寒陰氣。

這樣的出場實在沒幾個人可以接受，就算是見識過周火旺的綠豆，也在一瞬間又嚇得腿軟，畢竟訓練膽量這種事可不是一朝一夕就能有所成果。

至於嚕嚕米，還是相當安穩地躺在床上一動不動。

這是怎麼回事？嚕嚕米竟然和依芳有著同樣的功力，能在一瞬間入睡？否則為什麼看見修女能這麼平靜？綠豆百思不得其解！

這時她顧不得心中的恐懼，連忙靠近一大步，上前看個究竟，怎知道竟然瞧見嚕嚕米的雙眼翻白，嘴角還冒泡，完全失去知覺的模樣！

「搞什麼鬼啊？」綠豆完全不管還繼續在頭上飄的修女，嘴上連忙嚷著：「依芳，妳快點醒醒，嚕嚕米被嚇到口吐白沫了！！」

依芳不耐煩地翻過身去，顯然她入睡太深，一時之間竟然叫不醒！

在這種情況之下，綠豆毫不考慮地衝至嚕嚕米身邊，狠狠甩了她兩個響亮的耳光，更在她耳邊大叫：「嚕嚕米，妳再不醒來，阿長要找妳去她的辦公室喝咖啡了！」

這一招百試不爽，單位裡的每一個護士沒有一個不怕阿長，嚕嚕米一聽到阿長兩個字，連忙跳了起來，一臉惶恐，嘴裡不斷喊著不想去喝咖啡，兩頰火辣辣的刺痛感隨之而來，痛得讓她連話都快說不出來。

這時綠豆徹底讓修女給惹毛了，忍不住對著修女大叫：「不准妳再用這種方式出現！如果要我們幫忙，妳最好能確保我們的精神狀況處於最佳狀態！」

可惜，修女一臉納悶，實在聽不懂綠豆在吼什麼，只能無奈地望著她。

這時老是慢半拍的依芳終於因為綠豆的吼叫而悠悠醒了過來，她看了這場面一眼。

「雖然妳的磁場的確有著可以引鬼的能量，但是憑著妳目前的磁場和修女當孤魂野鬼的道行，你們兩個要溝通還是有點難度的，妳叫得再大聲，她也聽不見！」

依芳就像爛泥一般躺在床上，說什麼也不想起來，看到修女就像是看電視一樣平常。

這時綠豆氣瘋了，連忙撕下日曆，拿起桌上的簽字筆寫下幾個大字「不准嚇人！」

雖然打死她也不想靠近會飄又沒有血肉的物體，現在卻不得不上前，認命地閉著眼將紙張高舉過頭給修女看。

綠豆手抖得不行，因為修女和她只隔著一張紙的距離，俗話不是說，保持距離，以測安全？她實在很不喜歡跟男人以外的生物這麼靠近，尤其是冷冰冰又沒有腳，而且連生物都稱不上的物體這麼接近！

這時，修女在她眼前停留了一會兒，猛然對綠豆點了頭。

賓果！她竟然看得懂！！

綠豆簡直快要喜極而泣了，終於想到辦法溝通了。

怪談病院
第十六章　修女事件（六）

「這樣也行？」這下子依芳也不得不清醒過來，如果可以和修女溝通，那麼很多疑惑都可以解開，相對可以解決很多問題。

這時嚕嚕米飛快地振筆疾書，有樣學樣地舉起手中的日曆紙，上面斗大的字寫著——當鬼都不用吃飯睡覺嗎？

看到這幾個字，綠豆想也不想地往嚕嚕米的後腦勺巴下去，在她耳邊吼著：「妳難道不能想一點比較有建設性的問題嗎？」

綠豆義正言辭地教訓完，隨即又在紙張補上幾個字。

「妳有見到上帝嗎？」她伸長的手還因為止不住的興奮而微微顫抖。

依芳一見她們兩個擺明是想要閒聊的模樣，忍不住讓自己的關節咯咯作響，說實在，這兩個根本半斤八兩，沒想到正經事！

「我們應該有更重要的事要問吧！」依芳跳下床，搶過綠豆手中的筆，迅速寫下她的問題。

「剛剛的警報器是為了救我們而引發的嗎？」

修女慈祥地點著頭，她雖然引著她們陷入危機，卻也即時救了她們。

「這是妳的十字架嗎？」攤開紙張的同時，依芳拿起了沾血的十字架，礙於修女不能過於靠近她，只能遠遠站著。

修女看了十字架一眼，蒼老的眼神裡充滿了幽怨，緩緩點著頭，回答了依芳的問題。

這下子果然可以確定修女在往生前，曾出現在院長辦公室裡，但是她為什麼出現在那裡？到底發生了什麼事？

這時綠豆又寫下驚人的文字，呈現在修女和眾人面前，「妳該不會是發現了院長和鍾祕書的姦情，所以他們殺妳滅口吧？」

這是先前大家的猜測，但是誰也不敢肯定，如今當事者就在自己的面前，有誰會比她更清楚？

但是當三人一見到這樣的問題，突然開始害怕修女的答案，萬一修女的答案是肯定的，那將會是多麼殘酷的現實，她們的處境也會更加危險。

這時，修女竟開始啜泣，老淚縱橫地用力點著頭，眼中除了哀怨，還有說不出的怨恨。她死得不明不白，還隨便編個理由讓她糊塗下葬，她沒有辦法漠視自己的死亡竟不是由上帝決定，而是那雙看似神聖、實際上卻充滿污穢的手扼殺了她的一切。

她一年多以來在醫院飄蕩，找不到人傾訴心中委屈，但她堅信聖母瑪麗亞總有一天會聽到自己的聲音，冥冥之中將會出現奇蹟，讓她討回公道。

修女的答案還是讓早有心理準備的三人頓時呆若木雞，這下子好了，現在確定捲進凶殺案件裡了，看樣子也脫不了身。

若要依芳做個比較，惡鬼的確可怕，但是怎樣也不比人心陰險。惡鬼有驅魔符咒可以擋，貨真價實的活人豈是她這手無縛雞之力的小女生所能對抗？尤其那個活人還是她上司的上司，她有幾條命去跟對方搏輸贏啊？

「那天到底發生什麼事？」嚕嚕米立即回過神，高舉手中的問題。

修女看了一眼，頓時又是一陣濃濃的燒焦味，身上開始燃起大火……

「不要！」綠豆衝上前，趕緊舉起雙手在胸前打一個大叉，「我不要再看一次火燒巧克力棒！拜託，給我正常一點的畫面！」

綠豆不禁汗流涔涔，她怎樣也不願回想當時的畫面，足讓她作好幾天的惡夢不說，害她連最愛的烤肉都不敢吃。

綠豆和修女做好溝通後，依芳不敢相信自己的眼睛，竟然看見兩人一鬼忙著比手畫腳，忙得不亦樂乎，只是平日正經八百的修女實在不大會玩這個遊戲，老是抓不到要領，動作也顯得笨拙，若不是綠豆那種好管閒事的本能發作，真難理解修女到底想表達什麼。

花了將近兩個小時，綠豆終於大致理解修女那天發生什麼事情，簡短地說明：「修女的意思是說，當天她和神父約好時間見面，目的是為了要規勸神父不可迷失自我，並要求神父主動向教會表示懺悔。怎知神父和鍾愛玉竟然聯手將她勒斃，之後為了運送方便而將她的頭砍下，好將屍體運送到房內，布置成火災意外來毀屍滅跡！」

顯然神父和鍾愛玉是預謀殺人，沒想到人心隔肚皮，誰料得到凶手竟是平時道貌岸然的神父？依芳忍不住又是一陣心寒。

「那麼……現在我們必須找出運送的工具，這樣我們就找到物證了！只要上面有修女的血跡反應，就可以證明一切都是預謀！」綠豆信誓旦旦地說著，心想平日是金田一的忠實書迷，今天總算有稍微派上用場的一天。

「那……修女有跟妳說他們是用什麼運屍體的，我們要去哪裡找嗎？」依芳屏著氣息，緊張地詢問著，總覺得有不好的事要發生。

「呃，修女說是神父的行李箱，為了掩人耳目，神父故意放置在平時連白天也沒人想靠近的廢棄庫房。」

果然……天下沒有白吃的午餐，好事會平白降落，反倒是那些亂七八糟的倒楣事老是找上門，今年到底走的是什麼狗屎運啊？依芳忍不住哀號著。

雖然她是個新人，但對於醫院的廢棄庫房早在工作之前就略有耳聞，聽說不知哪個靈異節目已經搶先報導過這間庫房，而且有著過於恐怖而放棄錄影的輝煌紀錄，那個傳說中的廢棄庫房，看起來陰森破舊不說，重點是……那裡常在半夜三更傳出詭異的聲響……

「學姐，我們能不能不要進去啊？」依芳拖住一路前進的綠豆，忍不住哀聲祈求。

看著越來越接近廢棄庫房，依芳的心跳也越來越快，而且她懷疑經過這些刺激而導致心律不整的機率越來越高了。

綠豆不耐煩地看了她一眼，興致顯得非常高昂，「妳怕什麼？妳看到修女的時候不是老神在在嗎？連周火旺妳都能解決了，現在只不過是個廢棄庫房拿行李箱而已，總比當初進去單位畫符咒簡單多了吧？」

為什麼？為什麼她老是把事情想得這麼簡單？依芳打從認識綠豆開始就是不斷哀號，現在也是。

如今不是畫不畫符咒的問題了，而是……庫房裡的東西似乎不是那麼簡單，綠豆似乎還察覺不到這點。

「修女只是一般的鬼魂，沒有攻擊性也沒有惡意，我當然不會怕，現在我們連庫房裡有什麼都不清楚，就這樣貿然闖入，我……真的會怕啦！」依芳漲紅著臉，彆扭地承認自己膽小，一點也不像是著名天師的孫女。

「怕什麼？上次的硃砂筆帶了沒？護身符帶了沒？什麼都帶了就天下無敵了，沒什麼好怕！」綠豆用力地拍拍自己的胸口，繼續往前走。

「最好天下無敵！」依芳咕噥著。

今晚她們兩個休假，才能趁此機會在三更半夜溜出來，為了找尋行李箱這個證物，綠豆可是豁出去了，以她這種雞婆的正義感，怎能讓凶手繼續逍遙法外？她巴不得早點讓他們繩之以法。

依芳和綠豆爬過欄杆，進入早已上鎖的舊院區。醫院分為兩大區，其中已經廢棄的舊院區原本要擴建成新重症大樓，卻頻頻在動工時發生怪事，所以根本無法興建，這塊土地又賣不出去，只好荒廢在這裡，甚至周邊還擺著當初所設置的鋼架，只是雜草叢生又陰風陣陣，外加偶爾竄出的老鼠，依芳覺得自己快心臟病發了。

「學姐。」依芳看了這樣陰森詭譎的景致一眼，轉頭叫著，「既然只是來找行李箱，妳幹嘛非要挑三更半夜來？妳是嫌這邊還不夠刺激嗎？」

「我們如果白天來找，會引起別人的注意，萬一被院長發現，我們可能就大難臨頭了，當然只能挑這種時間來找，現在有哪個白痴敢出現在這邊？」

依芳狠狠瞪了她一眼，低吼著：「有！就是我們這兩個白痴！」

綠豆扁著嘴深吸一口氣，心想這幾天一直沒睡飽的依芳老是發脾氣，火氣大到足以媲美國軍隊彈藥庫的威力了。

依芳這回聰明地準備了好幾隻手電筒，她可不想再和上次一樣只能用手機照明的悲慘下場，她迅速環顧四週，猛然聽見好幾隻野狗開始「吹狗螺」，心底不住的恐懼，讓她裹足不前，卻看見已經推開庫房大門的綠豆不斷向她頻頻招手，唉，只能硬著頭皮前進了。

庫房內堆滿了雜物，雖然規模不大，放置的廢棄物品倒是滿多的。而且這裡看起來簡直跟垃圾掩埋場沒兩樣，隨手放置的東西越堆越高，長時間下來也成了一座垃圾山，加上自從舊院區拆除之後怪聲不斷，根本沒人敢來清理庫房，庫房裡的每一樣物品都東倒西歪，呈現不規則的擺放，一時之間也找不到行李箱的蹤影，只能慢慢找了。

只是隨著兩人的腳步越來越靠近庫房的中心點，外面的狗叫聲似乎就越慘烈，淒厲的叫聲讓兩人從腳底竄起一陣涼，庫房大門也隨著外邊的陰風搖晃。

咿……咿……咿……老舊門板不斷發出因擺盪而產生的摩擦聲，活像恐怖電影裡常見的驚悚音效，驚嚇指數高達百分百，兩人被這些聲音搞得一顆心臟七上八下的找不著邊際。

誰也沒膽將門關上，就怕一但關上了，不知道會發生什麼事。

「其實，很多人都是自己嚇自己，我們不用怕！」綠豆顧作鎮定地拍拍依芳的肩膀，說穿了還不是因為依芳站在自己身邊，要不然她怎敢說大話？

「妳不怕？我怕死了！」依芳不客氣地嚷著，「我們快點找到那個該死的行李箱，然後趕快離開吧，我一秒鐘都不想多待。」

這裡的氣氛實在過於詭異，讓依芳覺得渾身不對勁不說，總覺得好像有很多雙眼睛正盯著自己，她卻什麼也沒看到！

粗神經的綠豆是什麼感覺也沒有，她倒是相當賣力地低頭翻找著行李箱，這裡堆積的大多是醫療器材，行李箱自然會比較顯眼，想必一點也不難找，關於這一點，綠豆倒是信心滿滿。

庫房說大不大，卻也因為過多大型的醫療器材需要搬動，兩個人找起來還是很吃力，只是綠豆突然發現，本來忙碌的依芳卻停下所有的動作，似乎正在凝神傾聽……她在聽什麼？有什麼奇怪的聲音嗎？

「學姐，妳有沒有發現，門板的聲音……未免太有節奏感了？」依芳小小聲地提醒著。

此時綠豆也停下動作，相當專注地聽著門板隨風擺盪的聲音。

咿……咿……咿……咿……咿……

這聲音讓綠豆開始冒起冷汗，門板聲不但規律，而且有越來越急促的感覺，他們回頭看庫房大門，發現門板擺盪得越來越激烈，這絕對不可能是因自然風力而起，簡直就像有人刻意拉扯門板的模樣！

咿伊咿咿咿咿咿……碰！

門板頓時用力甩上，兩人嚇得抖了一大下。

「大門關上了！這就表示有鬼要出來了！電影都是這樣演的！」綠豆扯開喉嚨大叫，立刻跑到依芳身後，忘了方才還大喊著沒什麼好怕。

一見到綠豆慌了，依芳也好不到哪裡去，她也很想躲起來，但是現在能躲到哪裡去？唯一的辦法就是往外跑。

一向以運動白痴著稱的依芳，竟然以突破自己紀錄的速度往外衝，眼看就要推開庫房大門，怎知身後的綠豆卻突然大叫起來。

「我看到行李箱了！」

第十七章　修女事件（七）

綠豆顧不得現在的情況，不容許多作停留，立刻改變行進方向，隨即奔上前一把抓住行李箱，無奈卻卡在大型醫療器材中。

「依芳，快點過來幫我！」綠豆大叫著，臉色因用盡全力而顯得扭曲。

依芳不得不立即煞車，她的理智告訴自己，現在應該用最快的速度衝出去，但是她那該死的江湖道義守則卻頻頻作祟，怎樣也無法丟下綠豆一個人而落跑。

她回頭幫忙拉扯行李箱，嘴底卻毫不留情地嚷著：「妳真的是我見過全天下最多管閒事的人！」

綠豆實在沒有多餘的力氣回嘴，心中卻暗自納悶，為什麼看似半人身高的行李箱這麼沉？照理說……裡面應該沒有任何東西才對啊。

兩人費了好大一翻功夫，才將行李箱從一堆醫療廢鐵中拔了出來。成功得到今晚要尋找的東西，兩人臉上終於浮現一絲笑容，合力拖著行李箱往外走去。

奇怪……怎麼行李箱越來越重？

「學姐，妳別在這時候偷懶好不好，都我一個人在拉行李箱，我已經快拉不動了！」依芳單手拖不動行李箱，不得不再多伸出另一隻手幫忙。

怎知綠豆卻也是漲紅著臉嚷著：「妳看我用力到腸子都快從肛門擠出來了，像是偷懶的樣子嗎?」

剛開始兩人合力拖行時還能輕鬆地走上幾步，之後感到漸漸有些重量，腳步開始緩了下來，再下來竟是不得不用力拖行，直到現在卻是使盡全力，行李箱竟不動分毫。

到底怎麼回事?就算行李箱裝滿石頭，也絕不可能拖不動行李箱啊。

兩個人緊盯著行李箱，心中有著不敢說出口的恐懼，卻也不想放棄好不容易得到的行李箱。

只是，人心是相當敏感而脆弱的，尤其當兩人看到行李箱的拉鍊開了一個口，在這小小的裂縫中伸出一隻死白而污穢的手掌，以相當緩慢的動作向上延伸，漸漸露出有著縫補痕跡的手腕，隨即是整隻手臂……

誰知道等一下還會冒出什麼?

兩人一見到此，毫不保留地放聲尖叫，轉身往外跑，大約只花了兩秒鐘的時間就決定放棄那個要死的行李箱。

如同電影情節一樣，這時的大門是怎樣都打不開的，尤其是平時看起來破爛不堪，連風雨也擋不住的木板，這時都像鋼筋水泥一樣堅固，說什麼也撞不爛、踹不開。

「依芳，快點拿硃砂筆，快點啦！」綠豆在依芳的耳邊叫著，她已經抖到能聽見自己的牙齒打架的聲音了。

依芳這時急忙翻著自己的包包，人只要一著急，就會什麼事情都做不好，尤其在這種緊急時刻，依芳就是找不到硃砂筆，她的心越急，就越是找不著。

「依芳，妳快一點！如果妳敢說妳沒帶，以後上班我一定把妳電到這輩子都不用燙頭髮了！」綠豆的眼睛直盯著從行李箱冒出來的手臂，沒想到另一邊也開了一道裂縫，又伸出另一隻手。

綠豆心想，萬一還有其他的手冒出來，這行李箱已經可以直接進化成爬蟲類，這可真是自然界的偉大奇蹟啊！

「我記得出門前還有檢查一次，我真的有帶，但是要找一下！」依芳急著辯解，繼續著急地翻攪著手上的手提包。

這時綠豆早就沉不住氣地一把搶過手提包，一摸……手電筒，再摸……護唇膏，三摸……面紙，四摸……原子筆，五摸……鑰匙。

「妳搞什麼？明知這裡有鬼，妳帶這些亂七八糟的東西來幹嘛？妳平時都不整理包包嗎？要不然妳不會帶小一點的包包，最好專門放硃砂筆的包！」最後一句吼得特別大聲，綠豆已經快精神崩潰了，尤其當她看見行李箱已經冒出一顆不論怎麼看都看不到臉孔，罩著黑色黏膩頭髮的頭顱，正緩緩伸出行李箱。

「誰叫妳答應給玄罡一億？我的薪水都拿去買銀紙了，哪來多餘的錢買包包？」依芳一臉理直氣壯，但是看著行李箱裡的長髮幽魂正緩緩朝她們爬來，她也是心急如焚。

這時，兩人又聽見窸窸窣窣的說話聲，聲音很小很雜，卻充斥整個庫房。不一會兒，原本早就報廢的醫療器材，竟無端開始運轉起來，老舊機器的運轉聲帶著肅殺的氣息，斷斷續續的馬達聲更是分分秒秒刺激兩人的神經，每臺根本沒插電的機器爆出刺耳的警告鈴聲，整間庫房頓時吵雜不堪，還傳出相當刺鼻的消毒水味。

仔細定眼一瞧，她們發現許多身穿護士服的身影，正背對她們在調節機器。只是她們身上的護士服和自己的制服大不相同，更令人納悶的是……整間庫房，竟然擠滿了護士和穿著白袍的影子，外加還在地上爬的鬼影。

「她們……該不會都是我們的學姐吧？」綠豆哀怨地嚷著，「她們能不能看在大家都是同行，好心放我們走啊？」

綠豆這一出聲，所有鬼影都轉過身來盯著綠豆，這樣的陣仗實在有夠嚇人，尤其當綠豆和依芳發現他們只有眼眶卻沒有眼珠時，差點因驚恐而吐出來。

「顯然不會！看起來她們根本沒打算照顧學妹！！」依芳沒命似的還在找硃砂筆，手提包看起來都快翻爛的，壓力已經快將她逼瘋了。

每個鬼影雖然都有五官，但是臉上卻沒有任何色彩，只有一昧的灰白，如同穿在它們身上的制服，它們就像是突然發現外來者一般，沉默而咄咄逼人的走向依芳和綠豆，步伐整齊劃一，如同受過專業化的軍事訓練一般。

「既然找不到硃砂筆，隨便妳要找鬼差還是請妳的神明下來，總之妳能不能在他們走到我們身邊前快、點、想、辦、法！」綠豆開始歇斯底里，也開始後悔今天不聽依芳的勸告。

依芳此時顧不了這麼多，連忙開始口中頻頻念著咒語，同時伸出兩指合併，隔空畫下符咒，此時的依芳看起來鎮定多了，隨著手指的擺動，似乎找回信心，渾身重新散發著神聖威嚴，讓人不敢小覷。

「弟子一心專請趙府元帥降臨來，神兵火急如律令！」依芳單腳用力往地面一蹬，只見腳下塵土飛揚，氣勢果然驚人。

一見到依芳這副模樣，綠豆才稍稍鬆了口氣，只要她能請神明下來護法，這樣就什麼都免驚拉！！

「奇怪……」依芳猛然看了綠豆一眼，臉上竟然浮現了前所未有的駭然。

「我沒有感應！神明沒有下來！」

依芳的身體開始不自覺地發抖，綠豆則是早就腳軟攤在門邊，嘴裡嗚咽嚷著：「到底在搞什麼鬼？妳家的神明該不會今天放假吧？」

嗚嗚，她的人生也太多的不如意了，而且都是發生在要命的時刻！綠豆捶心肝地暗忖。

請注意，要命兩字絕不是形容詞，而是很不幸的動詞。綠豆看著眼前一大票穿著白衣制服的鬼魂不斷朝自己靠近，嚇都快嚇死了。

為什麼依芳這傢伙這麼靠不住？要硃砂筆沒有，請神也沒有，現在單靠依芳脖子上的護身符頂多自保，她豈不是只能等死？

綠豆臉色鐵青地在心裡OS，甚至認為遲早有一天自己會因為依芳的兩光而導致精神崩潰。

「再請一次！一定是妳剛剛有哪個步驟用錯了！快點！」綠豆又開始在依芳耳邊叫囂，驚恐之情實在令她很難鎮定。

依芳勉為其難地再重複一次請神動作，只是這一回少了方才的霸氣，氣勢稍弱了一些，這更是讓綠豆看了膽戰心驚，祈求上天一定要感應到依芳的請神咒，不然她只能困在這裡和這些飄浮在半空中的學姐們跳恰恰了。

停留了好半天，行李箱竄出的鬼已經相當給面子的放慢速度，但是卻也爬到腳邊，一把抓著綠豆的腳踝。

綠豆心一急，忙著想抬腳甩開腥臭撲鼻，又帶著死白的手，偏偏她就像是武俠連續劇裡面的招牌喬段一樣，渾身動彈不得，如同被點了定身穴道，就連一聲嗚咽都發不出來，只是心底的恐懼卻不斷地直線上升，看著依芳也緊接著被抓住腳踝，難道她們兩人就要葬身在這個無人聞問的廢棄庫房？

看著依芳登時臉色鐵青，卻如同殭屍一樣的只能盯著自己猛瞧，四肢卻像是被無形的繩索綑綁，拚命地掙扎卻不動分豪的模樣，讓綠豆當下心裡有譜了！

依芳也已經窮途末路了！現在的她連舉手都有困難，鬼怪又在自己的腳底，怎麼拿出護身符嚇唬嚇唬它？

這下子，綠豆的額際冒著斗大的冷汗，已經快要入冬的天氣竟然讓她汗流浹背，背上的汗漬染濕了一大片衣裳。

這時，腳下的長髮幽靈慢慢地飄起，一顆帶著黏膩黑色長髮的頭顱緩慢地浮在眼前。這回綠豆連呼吸也不敢太用力，尤其當她嗅到非常刺鼻的腐屍氣味，差點控制不住地嘔吐起來。

長髮鬼怪朝著依芳動了一下，隨即又轉向綠豆，甚至不斷朝綠豆的臉孔逼近，簡直快要觸到她略塌的鼻尖，嚇得綠豆又一陣撕心裂肺地喊叫。

「這些鬼東西偏心啦！為什麼又是我？叫妳畫張護身符給我，妳就不要，每次都是我倒楣！」

綠豆盯著依芳又喊又叫，若不是四肢不聽使喚，她還會加上又跳又蹬的誇張動作，但是現在……她除了嗓門大了一點，實在一點辦法也沒有。

依芳看著長髮鬼怪不斷逼近綠豆，心中自然也是一陣驚恐，嘴裡卻不忘嚷著：

「我也想畫張護身符給妳，但是我又不是我阿公，沒那個功力不說，又沒神明加持，畫給妳也只是廢紙一張！」

長髮鬼怪似乎一點也不受兩人的對話干擾，她的身後還跟了一群虎視眈眈的護士鬼魂，看起來就像是準備幹架的古惑仔，雖然每個都沒有瞳孔，卻散發著陰險至極的殺氣。

這時，黑髮鬼怪的頭顱對準了綠豆，不知哪來的一陣陰風，猛然吹開了她的頭髮……

臉上已經沒有完好的皮膚，不但潰爛地泛著化膿的油光，甚至從她眼眶裡竄出好幾隻蟑螂和白色蠕動的不知名爬蟲，五官還不斷地冒著黑色濃稠的液體。

天啊啊啊啊！綠豆和依芳在這一瞬間差點沒昏過去，恨不得自己的眼睛瞎了，才能避免看到這麼恐怖的鬼臉。

但是綠豆一低頭，發現她身上的白衣，可不是一般電視裡面演的幽靈招牌白衣白裙，而是感覺曾經沾到血水卻又連泡漂白水三天三夜還洗不乾淨的護士服，只見她從白衣裡伸出像是死了好幾天而呈現屍斑的手，手裡還拿著一枝特大號的針筒。

令依芳頭皮發麻的是，剛剛她兩隻手分別抓住她和綠豆的腳，現在她仍然感覺得到腳踝上的鬼手沒有絲毫鬆開的跡象，那……第三隻手是哪來的？

綠豆看著長髮鬼怪，心底忍不住頻頻哀號，到底是誰說護士就是純潔的白衣天使？

綠豆多希望此刻能讓那些對穿制服有特殊癖好的男人好好看看這一幕，保證一輩子不舉，絕對品質保證！

正當長髮鬼怪朝著綠豆要扎上一針時，依芳再也忍不住心底那種發寒的懼怕，只能扯開喉嚨大叫卻別無他法，綠豆則是早就嚇到魂魄都已經脫離自己的軀體，連叫都叫不出聲，只能緊閉著眼等死……

突然，從天而降一樣會發光的物體，筆直地跌落在綠豆、依芳和長髮鬼怪之間。

這……這又是哪路妖魔鬼怪，連出場都這麼蹩腳？最起碼也不能跌出場啊！

第十八章　修女事件（八）

「唉唷！」發光體發出一聲慘叫，隨著這不知名物體的跌落，周遭所有鬼魂全都退開好大一步，就連黑髮鬼怪也瞬間躲在一邊。

綠豆和依芳好不容易讓自己的眼睛聚焦，發現正背對自己的發光體竟然身穿盔甲，那身沉重而有顯得威武的盔甲正閃著金光，耀眼地照亮整間陰暗的庫房，不少護士鬼魂因為受不了這樣刺眼的亮光，紛紛躲在廢棄機器底下，只能鬼鬼祟祟地探頭探腦。

「難不成……是我請的神明下來了？」依芳覺得備感沉重的身子輕鬆許多，可見已經掙開了鬼怪的箝制，手腳又可以自由活動了。

綠豆終於可以大口大口的呼吸，心中慶幸終於得救了，雖然這一回來得慢一點，不過總比不出現來的好多了。

她隨即看了依芳一眼，好奇地問著：「原來神明長這樣啊！」

綠豆的疑問讓依芳覺得好像哪裡出了問題。

「妳看得見？」依芳的眼神透著不敢置信。

綠豆緊皺著眉心，嚷著：「他就像是活動式電燈泡，連瞎子都看見了好嗎！」

依芳納悶地直搖頭，太奇怪了，她只有陰陽眼，並不是開天眼，這兩者有很大的分別，陰陽眼能看見鬼魂和低階的神明，但是卻看不見高階神明，也無法溝通，以往她頂多只能靠感應來判斷神明是否現身。

若說她看見神明倒也不稀奇，真正稀奇的是綠豆，她的磁場本來就比較接近鬼魂不說，就算是一般平常人，也不可能看得見不屬於這世間的任何靈體啊。

「是誰請趙元帥降臨啊？」發光體狼狽地站起身，還不斷扶著看起來似乎過大的頭盔，更讓人訝異的是，發光體竟是一個看起來和她們差不多年紀的妙齡女子。

綠豆震驚地張口結舌，依芳也在錯愕當中，看起來有點蠢的半舉著手，吶吶道：「是……是我！」

不會吧！她請的可是頂頂大名的趙子龍，怎麼……會是女的？趙子龍是女的嗎？這下子依芳糊塗了。

發光體走上前，推開頭盔，仔細地看了兩人一眼，隨即像是發現新大陸一樣的興奮，頻頻嚷著：「妳不就是林依芳？原來是妳找趙元帥啊。今晚元帥有很重要的事抽不開身，我是今天的值班天兵，特地先下來看看情況！」

原來是天界的小兵，難怪她們都看得見，只是綠豆的磁場似乎也漸漸拓寬，現在她也可以和自己看見一模一樣的靈體了。

「妳認得我？」依芳又是一臉不解，她不記得和上面的天兵神將有過任何接觸，怎麼這名天兵喊得出自己的名字？

「我認得妳爺爺，我知道妳是林大權的孫女！！」天兵這麼一說完，又是一臉笑咪咪，好像根本不是來出任務，而是出來郊遊。

這真的太奇怪了，怎麼感覺每個人都認識她的阿公？難道……她阿公不只在世的時候聲名遠播，連天上地下也是無人不知，無人不曉？

「妳是天兵？看起來還真像天兵！」綠豆語帶雙關地盯著天兵猛瞧，看她雖然穿著盔甲，但看上去就像小女孩穿著過大的衣服，根本沒有天兵天將那種神威，反而顯得笨拙。

雖然她說自己是天兵，看她的模樣，實在很難讓人產生信心和認同感，綠豆和依芳突然隱隱擔憂起來。

「妳得罪過趙元帥嗎？不然為什麼派一個看起來有夠天兵的天兵下來？」綠豆在依芳耳邊悄聲問著，依芳一臉無辜地聳著肩。

天兵直盯著依芳，一臉傻氣地問著：「對了，妳有什麼急事要找趙元帥幫忙？」

「真高興妳想起來我們有急事，因為我們遇鬼了！」綠豆幾乎快跳起來鼓掌，說出自己的訴求，難道這個超級天兵沒看到整間房裡充滿了鬼怪嗎？

「有鬼？哪裡？在哪裡？我們趕快躲起來！」天兵看起來比他們兩個還要驚慌，甚至連忙矮下身子，急忙地想找地方藏身。

綠豆見到這一幕，兩眼發直，顧不得現在是什麼場合，情急之下急嚷著：「請問一下，天庭有天兵專門訓練學校，或者是有天兵養成班嗎？妳到底有沒有領到畢業證書啊？現在應該是鬼怕妳，而不是妳怕鬼吧?!何況妳全身閃亮得可以當燈塔了，想躲去哪？」

一見綠豆在龐大壓力的驅使下又開始急著碎碎念，依芳連忙出來打圓場。

「我們只是想拿行李箱出去，怎知被困在這裡，請妳想辦法帶我們出去吧！」

依芳的請求未落，四周的鬼怪似乎又開始蠢蠢欲動，他們雖然一時仍然不敢靠近，卻在一旁虎視眈眈地盯著兩人。

天兵看四周一眼，小小聲說著：「其實我才剛上任，根本沒機會單獨遇過這種狀況……」

綠豆一聽，忍不住翻起白眼，用力拍打自己的額頭，心想老天在開什麼玩笑？現在可是攸關性命的緊急事故，竟然派一個毫無經驗的天兵來？

「你們學校沒教過妳最基本的嗎？最基本的到底學了什麼？」綠豆又忍不住叫囂。

天兵看了他們一眼，突然賭氣似地說著：「我們學了很多，但是我們可不負責抓鬼，那是八家將的工作！通常我們負責的是維持天紀或是任憑眾神的調派前去支援，今天我只不過是下來勘查，怎麼知道突然要我抓鬼，現在只有我一個，光是陣仗就輸人了。」

「那妳趕快回去找妳的兄弟姐妹下來幫忙，不然就趕快去找趙元帥，否則我們現在命在旦夕，怎麼拿著行李箱衝出去？」平常散漫的綠豆在今天這種時刻也很難保持一貫的粗神經。

依芳看著周遭情勢，急忙打岔：「現在不是婆婆媽媽的開講時間，他們似乎越來越逼近了，我們還是快點想辦法殺出去吧！」

等天兵回去尋求支援就太晚了，面對這種狀況，依芳反而冷靜下來了，一反平時在臨床上的怯懦，現在她臉上的神情堅毅，抱著必死決心，打算放手一搏。

「唉唷！早知道不如叫玄罡出來幫忙，他對這方面很行的！」綠豆語不驚人死不休，突然朝著依芳說出心中的想法，想必她現在很想找鬼差出來幫忙。

怎知，天兵一聽到玄罡兩字，臉上神情驟變，隨即怒道：「妳說玄罡？現在正窩在地府的那個玄罡？」

欸……奇怪了，這天兵是怎麼回事？怎麼變臉變得這麼快？剛剛不是還好好的嗎？

「妳認識他啊？」綠豆小心翼翼的問。

「可惡！」天兵猛然大喝，「竟然拿我和那個混蛋做比較，誰說他比較行？我好歹也是堂堂一名天兵，他做得到的事，我沒理由辦不到！」

天兵猛然站起，雙眼氣勢萬千地往群鬼一掃，伸出手，憑空冒出一把凌氣逼人的長矛。

「大膽鬼怪，竟敢在此作惡，若不盡速離去，別怪我下手不留情！」天兵的神情肅然，拿著神器的模樣就像電視上演的天將，一副威武不屈的浩然正氣油然而生。

只見她拿起長矛，用力向地面一擊，登時塵土飛揚，長矛更是爆發出萬丈光芒，群鬼發出淒厲的嘶吼和哀號，全都隱入四面髒污的牆面中。

一眨眼的時間，庫房內安靜了下來，依芳和綠豆根本還沒回過神，天兵已經好整以暇地收起手中長矛，指著行李箱道：「妳們快點把這箱子拖出去吧！以我現在的能力也只能嚇唬他們一下，還無法收服，趁現在快點離開！」

果然天兵就是天兵，光靠虛晃一招，還是有用的！天兵心裡暗自慶幸還好自己沒漏氣，其實她根本一點把握都沒有，只不過是憑著一股意氣用事，若是要她拿出法力惡鬥，她可是萬萬不行！

綠豆和依芳根本無暇理會心中的疑惑和震驚，只能趕緊將行李箱拖出庫房外，一推開庫房大門，兩人幾乎要跪地膜拜天兵了。

剛剛那招太厲害了，她們還沒看清楚，群鬼就被嚇退了，既然她真的這麼有本事，之前幹嘛還說那麼多廢話？

方才的天兵看起來英勇神武，果然有神將架式，但她們絕對沒想到，天兵自己也是忐忑萬分。

「剛剛到底怎麼回事？她不是說她不會抓鬼？怎麼才用一招就把我們救出來了？」綠豆睜大眼，一臉興奮，沒想到有生之年竟然可以看到天兵展現神威，這可是花再多錢也看不到的情景。

「我也不知道。」依芳喘著氣搖頭，「看來和玄罡脫不了關係！」

「會不會……她被玄罡拋棄過，所以……」綠豆又開始幻想言情小說的情節，卻不敢說太大聲，萬一被聽到，天兵一棍打下來，她可真的要去找玄罡了。

這時天兵走向兩人，臉上又回復之前的天真無邪，慧黠的雙眼正靈活地直打轉，不用上妝反而顯現出完美無暇的粉嫩肌膚，粉紅小唇漾著輕淺的微笑，實在很難想像這樣可愛的女孩，竟然會是天兵。

「妳們為什麼非要找這個箱子？這裡陰氣和怨氣極重，若是被他們纏上，不死也會發瘋，這次我頂多只能保妳們出來，下回千萬別在這裡停留，若是妳有什麼差錯，我怎麼跟妳爺爺交代？」顯然最後一句是對依芳說的。

這時綠豆趕忙將修女的事從頭到尾說了一遍，只見天兵的眉心越皺越深，看來對此事也感到相當不悅。

「既然是為了辦正事，我也不好多說什麼，但是切記凡事小心，謹慎為上！」天兵抬頭望一下天色，「時間不早，我必須早點回去覆命了，對於今晚的情形，我將會一五一十向趙元帥稟報，咱們後會有期。」

天兵語聲未落，竟然已經消失在兩人面前。

「欸……她怎麼走那麼快？我都還沒問她和玄罡是什麼關係！」綠豆隨即四處

張望，卻什麼也沒有了。

此時，依芳看見腳下有隻老鼠竄過，嚇得趕忙拉著綠豆嚷道：「我們還是快點走吧！這裡讓人怪不舒服的，快點走啦！」

綠豆一聽，也覺得有道理，只好先把心中的疑問暫時放到一邊，趕緊抓起行李箱，和依芳合力翻過上鎖的鐵欄杆，正當兩個人好不容易氣喘吁吁地靠著鐵欄杆休息，眼前突然出現一道陰影。

兩人暗感不妙，猛然抬頭，有個高大的人影正緩緩靠近他們。

「這麼晚了，妳們兩個在這裡做什麼？」

約瑟神父的嗓音彷彿來自幽冥地府的森冷，眼睛卻始終沒有離開緊握在她們手中的行李箱……

第十九章　修女事件（九）

「我們……我們睡不著，所以出來散步！」綠豆一見到約瑟神父簡直就像見到鬼一樣的懼怕，結結巴巴地回答，但是這樣憋腳的理由，鬼都不信吧！

依芳同樣也嚇得面無血色，心想約瑟神父會出現在這裡，肯定是有什麼原因的。

約瑟神父的腳步緩緩的朝著他們邁了一大步，冷冷道：「凌晨拖著行李箱出來散步？」

兩人同時看了行李箱一眼，忍不住在心中悲嘆，這個行李箱可是給他們帶來莫大的麻煩，現在好了，惡鬼搞不好都比神父容易對付，如今該怎麼應對？

一向靠著瞎掰過生活的綠豆登時也是腦筋一片空白，她還真不知怎麼凹才能交代過去，總不能說她的興趣就是在月黑風高時提著行李箱出來逛大街吧？

「神父，現在真的很晚了，我跟學姐也該回宿舍睡覺了。」依芳急忙拉著綠豆往前走，希望盡快脫離神父的視線範圍。

若是她沒看錯，那不是一般人的眼神，但又說不出一種明確的感覺，總之有股詭異的氣息正瀰漫四周。

怎知陰暗處竟然又竄出一個瘦小的人影，迅速的擋住兩人的去路，尖銳的嗓音刻意壓低了音量：「現在已經過了睡覺時間，恐怕不會那麼好入睡！」

那是鍾愛玉的聲音，依芳登時驚覺這兩人絕對不會選在這種地方偷情，只怕……她和綠豆早就被盯上了！

早就說過不該多管閒事，現在好了，證明自己的確是惹禍上身了！

「不會！我們都超級好入睡，尤其是她。」綠豆連忙指著身邊的依芳，「她只要一躺上床就會不醒人事，睡覺功力無人可及！」

天啊，也只有綠豆敢在這種時候瞎扯，現在他們面對的可是凶殘的殺人凶手，依芳簡直快佩服綠豆的驚人膽量了。

鍾愛玉走出陰暗處，微弱的路邊燈光照應著她帶著蒼老的神態，讓她看起來更讓人覺得弔詭，依芳總覺得她和神父看起來就是有股說不出的怪異，周遭的氣也相當紊亂，好像……兩人不是一般人。

這時神父和鍾愛玉的手上分別拿著尖刀和一瓶黑色罐裝的液體走向兩人，鍾愛玉的眼中流露著強烈殺氣，步步逼近綠豆和依芳，嘴裡更是不時發出獰笑聲，在這樣陰風慘慘、外加有狗叫聲做為配樂的場景下，鍾愛玉就像是一隻噬血的野獸，咄咄逼人地緊盯著自己的獵物，臉上更洋溢著獵殺的快感和滿足。

依芳和綠豆察覺狀況不對，連忙拔腿就跑，只是舊院區經過拆除，到處布滿碎石和廢棄的鋼架建材，加上雜草叢生，逃生顯得益發困難。

依芳撇頭看了落後的綠豆一眼，忍不住怒道：「都什麼時候了，妳還拖著行李箱走？」

她快吐血了，到現在綠豆還是死不放棄行李箱，即使這將會延緩自己的逃命速度，綠豆始終沒有放手。

綠豆看了身後的鍾愛玉和神父一眼，急道：「萬一他們拿走行李箱，到時湮滅證據的話，我們的辛苦不全直都白費了？」

若不是現在忙著逃命，依芳鐵定會不顧輩分而狠K綠豆一頓，現在她只能嘴上嘶吼著：「等到我們兩個的屍體也被塞進行李箱時，他們要毀屍滅跡有什麼難啊？」

對吼！

綠豆總算明白了，現在若是保住一條命，還有翻案的機會，若是她跟修女一樣變成火燒巧克力棒，到時還要很辛苦的找個倒楣的小學妹，逼她欣賞悲情的虐殺過程好為自己伸冤，多不划算？

綠豆二話不說地放開手，怎知卻因此踢到行李箱，頓時重心不穩地向前撲倒，當場摔個狗吃屎。

原本跑在前方的依芳聽到撞擊聲而停下腳步，當她回看到灰頭土臉的綠豆，心底不斷咒罵自己數百遍，早知道不應該多嘴，她實在沒料到讓綠豆放手，竟然還會絆到行李箱？就算她平時生活上的細節都呈現脫線狀態，能不能好心一點，別在這個節骨眼上又脫線啊？

這時，尾隨在後的鍾愛玉一把抓住綠豆的頭髮，尖刀就架在她脖子上，嘴上掛著的邪惡笑容不斷擴大，臉部皺紋也更加明顯。

「臭丫頭，妳再跑啊！這裡這麼大、這麼空曠，妳還能跑到哪裡去？這裡是舊院區，任憑妳叫破喉嚨也沒人聽見！」鍾愛玉肆無忌憚地在綠豆耳邊獰笑著。

這裡果真是發生命案的最佳地點，一來周遭夠偏僻，加上傳聞這邊鬧鬼鬧得凶，有誰敢住在這附近？真是叫天天不應，叫地地不靈。

綠豆轉頭看了她一眼，忍不住打了一個冷顫，「拜託妳好心一點，說話就說話，不要跟我那麼靠近。耳朵是我的敏感帶，若是妳這樣貼近而導致我心理上的障礙，我以後性冷感怎麼辦？」

蛤？依芳的眼珠子都快掉下來了，綠豆到底知不知道自己命在旦夕，居然還有心情開玩笑？

「妳都快死了，還有什麼好在乎的？」鍾愛玉的笑聲飄飄忽忽地傳近兩人耳裡，活像是聽見鬼尖笑。

鍾愛玉抬頭看著不知如何是好而一臉驚慌的依芳，揚起怒眉道：「妳敢跑的話，我就先殺了她！」

這時綠豆不知哪來的俠義之心，連忙喊著：「妳不要管我，妳趕快逃，我爸媽就交給妳了，明年的今天別忘了到我墳前點上一柱清香！」

這個死綠豆，是電視看太多嗎？還有心情背武俠連續劇的八股臺詞，真以為自己是女主角啊？

依芳急得像是熱鍋上的螞蟻，心底卻納悶……為什麼神父沒跟上來？鍾愛玉一路死命追趕，神父卻在後方慢慢走，實在太不合常理了。

另一方面的綠豆卻在心底盤算著，通常電視上演這樣生離死別的喬段總是賺人熱淚，尤其當她表現出捨生取義的情懷之際，另一個人不是淚流滿面，就是感動得熱淚盈眶，通常會留下來同生共死。這樣的情操是多麼動人，多麼令人不捨……

此時依芳著急地看著神父已經越來越靠近，她定定看了綠豆一眼，毅然決然道：「既然如此，學姐妳就好自為之，我忘了正在宿舍燒開水，我趕著回去關火……」

我的天啊！依芳這傢伙到底在搞什麼鬼？她剛剛只不過是在開玩笑，依芳竟然當真要撇下她，還用燒開水這種爛梗當理由？

依芳很快轉頭就跑，這回並未如同往常一下停下腳步，身影相當迅速的隱沒在漆黑夜色中，僅留下張口結舌、半天都說不出一句話的綠豆跌坐在地。

「看起來妳的同伴似乎不講義氣呢。」鍾愛玉抓著綠豆頭髮的手勁再度加重，一臉怒氣，好像拋下的人是她，而不是綠豆。

綠豆被抓得哇哇叫，連忙兩手抱頭，跟著嚷嚷：「妳別一直抓我的頭髮，妳不知道我的頭髮已經很稀疏，妳這一抓，我可是要花錢提早去植髮耶！」

「臭ㄚ頭，死到臨頭還有心情胡說八道？」鍾愛玉的臉上浮現了暗黑色的青筋，綠豆猛然一震，這人臉孔上的所有血管幾乎都清楚浮現，只是顏色卻不是一般血管的鮮紅，而是青黑色的。

怎麼回事？鍾愛玉有這麼氣嗎？氣的連血管都爆成這樣，被丟下的人是她耶，她的火氣都沒這麼大了。

「她先跑了也好，這樣她就能將你們兩個人做的壞事公諸於世！」綠豆明明對依芳的舉動感到一肚子火，偏偏這時還是嘴硬，說什麼也不肯示弱。

這時神父終於晃到鍾愛玉的後方，鍾愛玉冷冷一笑，五官扭曲地望著綠豆，尖笑著：「我如果擔心那個臭丫頭，就不會這麼悠哉了！今天算妳倒楣，等我殺了妳，再用王水將妳的屍骨溶化，這樣就神不知鬼不覺了！」

王水？這不是曾經出現在某年頭條新聞中的情殺命案嗎？聽說腐蝕性超強，一但淋在身上，恐怕連她爸媽都認不出了。

綠豆開始感到驚恐，之前都是面對鬼，現在卻是面對人，兩種同樣可怕，但是面對人卻有種更加迫切的懼怕。

這時鍾愛玉的嘴裡發出綠豆聽不懂的語言，猛然對身後的神父命令著：「快去追前面的死丫頭！」

說也奇怪，方才動作老是慢半拍的神父，突然拔腿狂奔，速度之快足讓綠豆為之傻眼，這根本不像是正常人的速度，就算喝了蠻牛也沒辦法有這樣的爆發力吧?!

看著神父超出異常的速度，綠豆在心中忍不住為依芳祈禱，只怕她躲不過這兩人的追捕了。

只見神父全速前進的當下，突然悶哼一聲，陡然向前撲倒，直直地躺在地上。

「怎麼回事？」鍾愛玉一臉驚慌，隨即鬆開了架著綠豆的手，飛快奔向神父的方向。

就在她蹲下身來一探究竟時，突然身後出現瘦長的黑影，手裡正拿著棒狀物，猛然往鍾愛玉的後腦勺狠打一記，隨即鍾愛玉毫不吭聲便軟趴趴地倒下。

殺、殺人了嗎？為什麼四周這麼安靜？除了呼嘯而過的風聲外，什麼聲音都聽不見了！綠豆不斷眨著眼，不敢相信自己竟然佇在命案現場，還該死的動彈不得。

黑影迅速往綠豆的方向跑去，在昏暗的光線下，綠豆簡直快嚇破膽。為什麼今天一口氣碰到這麼多的殺人狂？就算是演驚悚片，也不能一口氣出現這麼多喪心病狂的凶手吧？

綠豆腳上的刺痛讓她無力逃跑，只能抱著頭大叫：「別殺我！我什麼都沒看到！基本上我是近視一千度的瞎子，什麼都看不清楚！」

綠豆捂著眼不斷慘叫，腦中不斷浮現變態殺人的電影情節，不是拿著電鋸剁手剁腳，就是拿著手術刀開膛剖肚，不論是哪種死法，叫人光想像就渾身顫慄，頭皮發麻。

綠豆心想，自己還沒有談過一場轟轟烈烈的戀愛，就要捨生取義，這樣八股的劇情連八點檔都不演了，她現在卻活生生地飾演這悲情的主角！早知道自己的生命這麼早就要玩完了，當初就不該死守著薪水存嫁妝，應該把心一橫，到牛郎店狠狠玩個三天三夜才對。

綠豆的腦袋永遠不會跟正常人一樣思索比較實際的問題，尤其在這種已經讓人直接面對死亡脅迫的時刻，腦袋還塞滿了一大堆亂七八糟的思想，直到感覺有一隻手搭住她的肩膀……

第二十章　修女事件（十）

肩膀上的手，讓綠豆叫得更加慘烈，兩手不斷瘋狂揮舞，就怕殺人狂突然上前掐住她的脖子。

啪！

突然，一個響亮的巴掌聲響起，綠豆只覺得左臉頰一陣刺痛，霎時耳朵嗡嗡作響……

「學姐，別再叫了！」依芳的聲音在綠豆耳邊揚起，企圖壓過綠豆那足以驚動鬼神的吼叫聲，「妳不趁現在快跑，還要坐在這邊等死嗎？」

依芳略為愧疚的看著自己發疼的手，她實在很不想動手動腳，但是不在這種非常時刻採取非常手段，只怕綠豆根本沒辦法冷靜下來。

「依芳，是妳？妳想活活把我嚇死嗎？」綠豆在鬆了一大口氣之餘，隨即破口大罵。

在這種時刻和依芳相逢，說實在的，完全沒有那種喜極而泣的心情，心中只有說不出的熊熊怒火。怎麼說也不該丟下她一人面對鍾愛玉，但是所剩不多的理智卻告訴自己，現在可不是教訓學妹的好時機，總該等到確定安全無虞之後，再好好的修理依芳才對。

依芳二話不說了連忙扶著她站起身，嘴裡毫不客氣地頂嘴，「廢話，這時候除了我，還會有誰？有腦袋的人不用想也知道，妳鬼吼鬼叫個什麼勁？妳沒事吧？」

無奈綠豆才一站起來，腳下的刺痛讓她下半身一軟，差點又跌坐在地，依芳頓時大驚失色，察覺現在的狀況可說是相當的不利，現在居然連逃命的基本工具都受傷了，哪來的本錢逃？

「妳哪隻眼睛看到我沒事？我有事的很！不過現在他們都倒下了，我們也沒什麼好怕了，妳這麼緊張做什麼？」綠豆一但放鬆，就不知天高地厚，甚至不知死活地咧開嘴笑著。

依芳後悔剛剛沒有多打她兩下耳光，好讓她徹底清醒一點。

她迅速架起綠豆，毫不猶豫地讓綠豆的手搭住她的肩膀，飛快地撐住綠豆略為沉重的身體，就算現在喘著大氣，渾身飆汗，卻仍是語帶驚恐的說著，「我只能讓他們暫時倒下，等一會兒他們就會醒，到時妳就要哭了。」

等一下就醒過來？這是什麼意思？綠豆根本搞不清楚方才依芳到底做了什麼事情。

「妳不是已經把他們打昏了？妳剛剛是怎麼辦到的？我明明看見約瑟神父跟功

夫裡面的包租婆一樣，追妳的速度就像追周星馳，兩隻腳就像滾輪一樣，實在太詭異了。」

綠豆一邊吃力地跟著依芳跑，一邊說出自己的疑慮。若說對方是屬於第三空間的好兄弟，就不那麼稀奇，但是約瑟神父明明是人，還是長期出現在公眾場合的院長，怎可能會有這麼異於常人的舉止？

怎知依芳卻冷哼一聲，帶著略為憤怒的嗓音道：「這是當然，因為神父中了不知名的邪術，我懷疑這是迷魂咒的一種，認真說起來，神父半人半邪，能做到一般人做不到的事。剛才我就是察覺不對勁，憑空畫下去邪符咒，果然讓神父倒下，證明我的猜測沒錯，神父中邪，很有可能就是鍾愛玉下的毒手。不過我的功力頂多能拖延幾分鐘，實在撐不久。」

中邪？竟然牽扯到邪術？如今劇情越來越複雜，已經快超乎綠豆那小小腦袋所能容納的範圍了。不過在理解這些棘手的問題前，還是保命最重要，萬一連小命都保不住，再多問題都無解。

眼看再走幾步就要踏出舊院區，只要穿越過前方的馬路到另一邊去，他們記得那附近有一間警察局，大聲呼救應該可以獲得救援。

兩人心中終於燃起一絲希望，奮力向前跨步，嘴裡更是不斷叫喊著救命，只要有人聽見，她們就有脫離險境的機會。

正當她們七手八腳地要跨出院區，鍾愛玉那披頭散髮的臉孔陡然出現在兩人面前，讓兩人嚇得魂不附體，踉蹌了好幾步。

怎料，身後竟然是兩眼翻白的神父，雙手各抓著依芳和綠豆的衣領，竟然單手就將兩人高舉在半空中，任由兩人的雙腳又踢又踹，神父完全不為所動。

「妳們這兩個自尋死路的賤貨，還想跑到哪裡去？除了陰曹地府，哪裡也去不了！」

鍾愛玉狂妄地笑了起來，就算剛才依芳狠狠敲了她一棒，後腦勺還不斷冒著鮮血，她卻似乎完全不放在眼底，原本臘黃的臉色頓時變得黝黑。

若是綠豆沒看錯，鍾愛玉的臉皮下竟有兩隻猶如大拇指大小的蟲形物體不停穿梭，讓她本來就斑駁的臉孔顯得更加凹凸不平。

現在到底在演哪齣？正在上演神鬼傳奇真人版嗎？綠豆和依芳立即緊閉雙眼，壓根不想看到鍾愛玉那非人的臉孔。

「學姐，妳千萬要小心，絕對別讓她碰到妳，她會邪術，可以控制人心，就跟下降一樣。」就算已經被神父緊抓不放，依芳仍是不放棄地警告著。

怎知道鍾愛玉一聽到邪術兩個字，臉色為之一變，怒道：「誰說這是邪術？多年來我跟著師父不斷鑽研道法，原本只是希望我那老是留連在外的丈夫能夠回心轉意地照顧家庭，沒想到成果卻出乎意料之外，這是仙術，讓我能心想事成的仙術！」

怎知綠豆反叛的個性在這時一覽無疑，她毫不客氣地回嘴：「說得這麼好聽，如果這是仙術，怎麼妳不想辦法讓自己變得漂亮一點？好歹也應該讓自己看起來年輕一點，不然妳也應該徹底改變一下妳的個性，說實在，妳的脾氣看起來很不好，哪個男人看到妳還會想回家？」

綠豆的老實讓鍾愛玉的黝黑臉色出現其他色彩，她用盡全力甩了綠豆一個響亮的鍋貼，怒吼著：「有這樣的仙術，我何必改變我自己？只要我輕聲下咒，男人就乖乖聽命於我，否則神父怎麼會殺了若平修女，又怎麼會愛我愛得不可自拔？」

實在噁心斃了，竟然想用這種辦法得到男人，有夠卑鄙！

但是這也間接證明一切的幕後主使者其實是鍾愛玉，神父也是身不由己。

「我就想說神父怎麼可能愛上妳這種歐巴桑，果然我的猜測是對的！」綠豆心想死就死，該說的話還是要說，否則憋死讓她更難受。

眼看鍾愛玉又即將揮下一個耳光，依芳趕忙接口喊著：「就算妳會邪術，也不可能砍斷若平修女的頭，用一場大火會屍滅跡就能了事。檢察官和法醫都會驗屍，頭斷了就是斷了，就算火燒到面目全非，也不可能製造把頭燒斷的假象。」

說到這裡，鍾愛玉仰頭大笑，彷彿這是她最得意的傑作一樣地炫耀著。

「這有什麼難？當初第一個進入現場的就是約瑟神父，他假借必須先進入現場為燒爛的修女祈禱，請警察給他一點時間和修女獨處，當時檢察官不疑有他而自然放行，那段時間他就連忙將修女的頭顱修補起來。

「你們別忘了他之前是一流的外科醫師，這點事根本輕而易舉，我知道火燒之前修補好也沒用，因為火的熱度或溶化縫線，所以那段時間正好可以整理修女的身體，讓她看起來和一般吃下安眠藥的人在睡夢中被火燒死沒兩樣。」

「就算是這樣，也不可能瞞過檢察官，他總不會沒發現修女的脖子上有縫補的痕跡吧！」綠豆就是被打不怕，怎樣都要插上嘴。

這時鍾愛玉笑的更大聲了，突然眼中流露出狡黠的眸光，陰寒道：「哼！我何必瞞過檢察官？檢察官就是我那個不中用的丈夫。」

原來如此，就是因為鍾愛玉有這樣的資源，才能內神通外鬼，一手遮天了。

這樣說來，一切都能說得通了。

「妳們兩個，我不知道妳們是怎麼知道修女的事，不過對我而言一點也不重要，反正妳們很快就要和她在黃泉路上作伴了！」

鍾愛玉臉上浮現了細細小小的黑色微血管，她猛然閉上眼，嘴裡喃喃念著咒語，雖然兩人完全聽不懂她在念什麼，但是咒語的聲音卻越來越刺耳，神父也開始有了動作，用力將兩人往前方甩了出去。

這一甩，兩人分別摔落在地，差點沒把內臟甩了出來，別說瘦的像幾根排骨拚湊而成的依芳，就算是認為多少有點脂肪墊底的綠豆都大感吃不消，除了眼冒金星外，渾身就像被狠打一頓，疼痛不堪。

神父一步步上前，翻白眼的模樣好不嚇人，鍾愛玉這女人十分的狡猾，她想借刀殺人，傷人性命完全不會染紅自己的手。

「依芳，她是不是所謂的『放符』？妳不是也跟妳阿公學了一些？趕快拿出來用啊！這時候是拿來救命的，妳還遲疑什麼？」綠豆扯開喉嚨地尖叫著，感覺恐懼簡直快貫穿她的天靈蓋，被鬼追也就認了，現在竟然還要被人殺？這還有天理嗎？

依芳屁股著地而兩眼昏花地節節後退，陣陣噁心感湧上她喉嚨，方才這一摔，真的摔得不輕，腦袋幾乎還不能運轉，只有憑著本能地躲避攻擊，不過聽力倒是沒有絲毫減退，起碼綠豆的建議一字不差地聽進耳裡。

「我現在連她使用的是哪個門派的邪術都搞不清楚，我怎麼跟她鬥法？而且我這種沒拜過師的『半桶師』，常常出師不利，莫名其妙就撒手歸天，根本就是拿生命在開玩笑！」

「我們現在已經算是一腳踏進棺材的人了，橫豎都是死，妳就隨便來個幾招啦！」看著神父已經緩緩地走向她們，綠豆的嗓音也越來越尖銳了。

依芳還想回嘴，甚至想逃，但是前有神父，後有鍾愛玉，加上綠豆的腳上又受傷，搞不好只能用雙手爬著前進，她還能怎麼跑？一時之間腦袋空白，只能站在原地等死了。

這時神父突然伸出兩手，一把用力的掐住依芳的脖子站起身來，以驚人的力道讓依芳的雙腳漸漸脫離地面。

綠豆想跳起來制止神父，無奈腳踝所傳來的刺痛讓她連支撐力都沒有，在沒有時間考慮的情況下，只能坐在地上，抓著神父的小腿狠狠地咬上一大口。

她使盡全身吃奶的力氣猛咬，神父卻不為所動，應該說神父似乎感受不到，就算野狗將他的四肢咬得四分五裂，他也不會有感覺。

「剛剛不是有用去邪符咒？妳再用一次！快一點！」綠豆心想，這一回是人不是鬼，神父根本不怕護身符，現在只能搏命試試其他符咒，看看是不是能和鍾愛玉抗衡了！

無奈依芳開始無法呼吸，眼前影像漸漸模糊，她完全沒有多餘的力量畫下符咒。

依芳明明不想懦弱的哭泣，淚水仍不聽使喚地流了下來……

地上一籌莫展而忍不住痛哭失聲的綠豆看著依芳的力氣越來越薄弱，雖然仍然不停捶打不動如山的神父，心中卻感到莫名無助，她怎樣也沒想到竟然必須親眼見証學妹就這樣死在自己眼前。

「依芳！依芳！妳撐著點！神父，我求求妳不要殺她！神父！」綠豆撕心裂肺地喊著，「有沒有人？救命啊！這裡殺人了！救命！」

現在她終於感覺到絕望是什麼滋味了，她放聲大哭，不斷地喊著救命，但是明明只隔著一條馬路的警察局卻沒有任何動靜，其他另一邊的住家也沒半個人探頭出來看。

她渾身顫抖地拿起手機，卻怎樣也拿不住，心中那股流竄四肢百骸的懼怕，徹底擄獲她所有知覺。

綠豆緊閉著眼，不敢看依芳在自己眼前口吐白沫而斷氣的模樣，只能雙手合十，默念阿密陀佛。

突然，空中傳來一聲極為細小而微弱的急促嗓音，劃過綠豆的耳際，「拿掉十字架！快點拿下十字架！」

這聲音就像是來自天廳般的虛無飄渺，綠豆卻清楚聽見了每一個字。

雖然還搞不清楚怎麼回事，憑著自己凡事憑直覺的行事作風，拚著自己最後一口氣，用力向上一躍，正好扳住神父掛在脖子上的十字架項鍊。

綠豆二話不說，用力一扯，竟然將項鍊硬生生地扯斷。

當十字架一被扯斷，修女猛然出現，憤然撲向神父，本來穩如泰山的神父竟然動搖了，一股強烈的涼意直撲面門而來。

雖然修女無法做出有力的攻擊，卻讓神父一連退了好幾步，甚至鬆開了手，不自覺地讓依芳在自己手下鬆脫，登時跌落在綠豆身邊。

依芳猛然吸了一大口空氣，劇烈地咳了起來，現在她卻慶幸上天讓她還有機會呼吸，剛剛她都快看見玄罡帶著牛頭馬面出現了。

綠豆忙著安撫依芳，也眼尖地發現身後的鍾愛玉一見修女出現，登時也臉色大變。

這時綠豆也察覺鍾愛玉身上雖然沒帶十字架，卻相當緊張地緊握著脖子上的玉珮。

頓時她靈光一現，或許就是鍾愛玉的護身法寶！若是能夠搶下她的玉珮，或許可以讓修女有機可趁！

當她這念頭一閃過，隨即趁著鍾愛玉只顧著注意修女時，猛然撲了過去，或許是腎上腺素作祟，憑著一股蠻力就和鍾愛玉扭打起來。

說穿了鍾愛玉雖然會施放邪咒，除此之外也只是普通女人，而且身型嬌小又上了年紀，反觀綠豆，除了從小就是靠著一張嘴闖天下外，就是靠著自己的拳打腳踢打響名聲，想當初從幼稚園到國中，沒一個男生敢不識相地找她麻煩，就因為她鐵拳無敵，蠻力萬歲！

剛剛鍾愛玉是打定主意要取兩人的小命，這回綠豆更是不可能手下留情，只想著不是妳死、就是我亡這幾個大字，如今少了正和修女搏鬥的神父，已顯老態的鍾愛玉豈是綠豆的對手？

綠豆不但粗魯地抓著鍾愛玉的頭髮，更毫不客氣地甩了幾個耳光回禮，更別說加送好幾腳當贈品，最後當然是豪邁地扯下玉珮。

鍾愛玉抱著被踹的肚子不停哀號，現在她用不著修女對付，光是綠豆就讓她痛苦萬分了。

何況神父在修女的幫忙抵擋下，讓依芳有相當充裕的時間畫下去邪符咒，而且瀕死的恐懼竟然激發她體內巨大的能量，現在的符咒力量竟是先前好幾倍，徹底封鎖住鍾愛玉所施的邪咒，就算不能完全去除，至少也可以壓制。

到底怎麼回事？鍾愛玉臉上的驚慌始終沒有褪去，早知道她不應該低估這兩個小丫頭的實力，現在竟然就這樣栽了跟斗。

修女依舊在神父和鍾愛玉的周遭不停流竄，只是令人納悶的是，修女竟然用相當憐憫的眼神看著兩人，似乎沒有任何打算攻擊她的跡象。

「若平修女，妳可以趁警察抵達之前打鍾愛玉一頓，我們會裝做沒看見！」綠豆喘著氣，將鍾愛玉壓在自己的屁股下，一臉得意，「不過妳別再錯怪神父，他也是被鍾愛玉利用的受害者，剛剛鍾愛玉坦白一切時，我已經偷偷用手機錄音了，這些話將會成為呈堂證供，想賴也賴不掉！到時神父就能脫離鍾愛玉的魔掌了！」

怎知道，鍾愛玉竟面露凶光，狠道：「我絕不能讓神父離開我！絕不！」

她才一說完，嘴理不斷念念有詞，一旁被制服的神父開始劇烈掙扎，臉上浮現相當痛苦的神色，身體更是不斷抽搐，嘴上也吐出白沫……

「不好！」依芳頓時湧上不祥的預感，連忙衝到鍾愛玉身邊，大喊著，「快點讓她閉嘴，她打算用邪咒殺了神父！」

這下綠豆也慌了手腳，能用什麼辦法讓她閉嘴？

兩人連忙捂住鍾愛玉的嘴，卻被狠狠咬上一大口，趁此空擋，鍾愛玉的咒語聲更為響亮，這時綠豆也顧不得太多了，一心只想著把她打昏，那麼她就無法念咒語了。

怎知道在手無寸鐵的情況下，一時之間也找不到武器攻擊鍾愛玉，兩人加上修女的魂魄只能看著神父更加激烈地掙扎，卻愛莫能助。

正當綠豆和依芳急忙想塞一把碎石子在鍾愛玉嘴裡時，神父的軀體突然靜了下來。

鍾愛玉像是發了狂地放聲大笑，另外兩人卻是慘遭雷擊般地傻在原地，直到修女的魂魄飄至神父身邊，流下傷心欲絕的滾滾淚水，兩人才驚覺在這短短的一瞬間，神父竟然一命嗚呼了。

綠豆和依芳手中的碎石登時散落一地，來不及奔上前哭泣，這一切來得太突然，誰也不敢相信，鍾愛玉就這麼輕易地殺了人。

綠豆和依芳無力地癱坐在地，連哭的欲望都沒有了，除了鍾愛玉那喪心病狂似的笑聲外，遠處隱隱響起了警車聲。

一連來了三臺警車，陸陸續續也出現不少警察，每個都荷槍實彈地包圍著他們，嚇得綠豆連忙舉著手，半天也說不出話。

「當我丟下妳跑走時，就偷偷傳了簡訊給嚕嚕米，看樣子是她幫我們報的警！」依芳雖然鬆了一大口氣，內心的沉重感仍然揮之不去。

當她確定自己已涉入凶殺命案時，不管她願不願意，她都知道沒有機會回頭了。她心中早已有底，便把手機放在口袋，好險最後靠簡訊救了他們一命，警察來了。

只可惜，就算來了，也救不了神父。

警察一看到神父的屍體，大驚失色，連忙將鍾愛玉帶上警車，綠豆趕忙找出原本丟在角落的行李箱和方才錄音的手機，慌慌張張地解釋一切，就怕這個故事過於怪力亂神，一向以科學精神辦案的警察伯伯們不相信。

「還是請妳們一同到警局做個筆錄吧！」警察不管三七二十一，連忙請依芳和綠豆上警車，嚇得兩人臉色一陣蒼白。

「等……等等！我們也是受害人耶！為什麼我們也要到警察局？難道我說的還不夠清楚嗎？你們是不是把我當嫌疑犯？」綠豆開始節節後退，就怕警察掛在腰上的手銬就銬在她的手腕上。

怎知眼前年輕的警察仍一臉嚴肅地道：「這裡是命案現場，不管妳是不是嫌疑犯，都必須跟我們去做筆錄！」

依芳嘆了口氣，認命地坐上警車，她萬萬沒想到有生之年竟然會坐上警車，萬一被爸媽知道，就怕兩老會嚇到心臟病發。

綠豆一見依芳無條件投降了，還不斷嚷著：「依芳，妳坐上去幹嘛？我們又沒做錯事！要去警察局也不能坐警車，怎麼說也該坐計程車！」

依芳相當疲憊地拍了拍自己的額頭，她實在沒有多餘的力氣和綠豆爭辯，正想乾脆一把將她拖進車內時，卻發現不遠的前方，由上空投射一道耀眼的強光，打在修女的魂魄上。

「不好意思，請先等我們一下好嗎？」依芳趕緊對著身邊的警察商量著，不過看著周遭警察繁忙的狀態來看，他們似乎沒人察覺有何異狀，除了她和綠豆。

只見修女的魂魄緩緩上升，聖潔的光輝環顧她全身，她身上的氣場，已經不是孤魂野鬼了。

可見修女已經了卻心中牽掛，她原諒了神父，也洗刷了冤屈，天堂已經為她敞開大門，她該迎向自己最終的歸屬了。

「欸，修女，妳這樣說走就走，未免太不夠意思了！我們都為了妳的事情要進警察局了，妳好歹也幫幫忙吧！」綠豆朝著天際叫囂著，根本不在乎其他人的眼光。

修女的身影很快地消失在天際，依芳欣慰地想，還好自己還是做了一件好事，只可惜幫不了神父。

綠豆轉身對依芳說：「修女說，只要我們配合，一切都會沒事！我們還是將所有事情速戰速決吧，明天還要上班呢！」

這一回，綠豆毫不猶豫地坐上警車，隨後跟上的依芳卻帶著相當詭異的眼神不斷盯著綠豆直看，久久不吭一聲。

「妳這樣看我幹嘛？」綠豆被她瞧得渾身不自在，忍不住出聲嚷著。

「沒什麼。」依芳故作若無其事的轉頭望著車窗外，刻意雲淡風清道，「只是妳竟然可以和修女直接溝通了，我想……妳快開竅了！」

依芳仍然只能看見修女卻無法聽見聲音，綠豆卻不一樣，不但看得見，也可以溝通了。

一聽到開竅兩字，綠豆渾身一僵，兩眼睜得老大地看著依芳猛搖頭，偏偏依芳卻帶著憐憫的眼神直點頭，告訴她事實已不容改變。

正當兩人僵持不下時，依芳瞥見綠豆隨意放在口袋裡的玉珮，眼尖的她總覺得玉珮上的圖案好眼熟，好像在哪看過。

玉珮上的浮雕是相當顯眼的雙頭蛇，這雙頭蛇……她記得曾經出現在周火旺的肩膀上……

「這是鍾愛玉的玉珮，我以為是她的護身符，匆忙扯下來的！」綠豆看著依芳若有所思的臉色，心底總是有著相當不踏實的感覺，難道這玉珮，又牽扯了什麼古怪？

依芳搖搖頭，現在的她實在想不出這一切和周火旺的關聯，或許只不過是巧合罷了！

遠方天空漸漸露出曙光，金色光芒透過車窗，灑在依芳身上，終於讓她感到些微的暖意，她瞇著眼，慶幸地想，終於……讓她度過這次難關了！

她發誓，下次絕對不會再多管閒事，讓自己再次淪落到坐警車的下場。

但是，身旁傳來陣陣的打呼聲，只見綠豆睡得一臉安祥，想必她也累壞了。

看著綠豆，依芳頓時驚覺……就算只是站在她身邊，恐怕自己也很難置身事外……

找麻煩的功力，沒人比綠豆更厲害了！

依芳帶著滿滿的憂心，她更改了自己的決心，除了絕不再多管閒事外，打從今天開始，她要假裝不認識綠豆才行！

——《怪談病院 PANIC! 01》完

高寶書版集團
gobooks.com.tw

輕世代 FW256

怪談病院PANIC! 01

作　　者　小丑魚
繪　　者　炬太郎
編　　輯　林思妤
校　　對　林紓平
美術編輯　彭裕芳
排　　版　彭立瑋

發 行 人　朱凱蕾
出　　版　英屬維京群島商高寶國際有限公司臺灣分公司
　　　　　Global Group Holdings, Ltd.
地　　址　臺北市內湖區洲子街88號3樓
網　　址　www.gobooks.com.tw
電　　話　(02) 27992788
電　　郵　readers@gobooks.com.tw（讀者服務部）
　　　　　pr@gobooks.com.tw（公關諮詢部）
傳　　真　出版部　(02) 27990909　行銷部 (02) 27993088
郵政劃撥　19394552
戶　　名　英屬維京群島商高寶國際有限公司臺灣分公司
發　　行　希代多媒體書版股份有限公司/Printed in Taiwan
初版日期　2017年12月

國家圖書館出版品預行編目(CIP)資料

怪談病院PANIC! / 小丑魚著.-- 初版. -- 臺北市：高寶國際, 2017.12-
冊；　公分. --

ISBN 978-986-361-470-8(第1冊：平裝)

857.7　　106021393

三日月書版

三日月書版

GOBOOKS & SITAK GROUP©

GOBOOKS & SITAK GROUP©